Erfarenheter i utlandet, en uppenbar verklighet och förståelse av människor på grund av ras, etnicitet och religiös identitet - en verklig självbiografi

ISBN: 9798636585237
Imprint: Oberoende publicerad

@ Mohammad Shahidul Islam

Denna bok är tillägnad till de söta minnerna av min himmelska mor och far. Utan deras bidrag skulle jag inte kunnat nå min nuvarande plats i denna värld.

Framåt

Denna självbiografiska bok är en beskrivning av incidenter som kronologiskt hände i författarens liv 2001–2019. Anledningen till att skriva denna bok uppkom när författaren inte lyckades fortsätta sin doktorsexamen i kemiteknik vid University of Sydney, Australien 2004. Såvitt författarens vet, hände dessa incidenter eftersom han diskriminerades pågrund av kön, ras, etnicitet och religiös identitet. Författaren påpekade också sina egna fel men dessa tyngs upp av de berörda myndigheternas stressande aktiviteter.

University of Sydney skapade en negativ rapport om författaren i databasen för australiensk polis år 2003. Den australiensiska polisen delade denna information på en gemensam databas för ett världsomfattande integrerat säkerhetssystem. Som ett resultat av detta upplevde författaren ständigt trakasserier även när han lämnade Australien.

Efter denna incident mötte författaren svårigheter med att få ett jobb i Bangladesh år 2004–2008. 2008 fick författaren chansen att bedriva sin oavslutade doktorsexamen vid Hong Kong University of Science and Technology för andra gången. Men författaren upplevde liknande svårigheter här igen. Som ett resultat förblev hans doktorsexamen också ofullständig här.

Därefter återvände författaren till Sverige 2010 på grund av hans personliga behov. Men författaren upplevde liknande svårigheter som han mötte i Australien och Hong Kong.

Efter en serie av ogynnsamma incidenter kunde författaren slutföra sin oavslutade doktorsexamen vid Atlantic International University (AIU) på Hawaii, USA år 2013. Men han kunde inte undvika olycka i sin arbetskarriär.

Fortfarande står han inför svårigheter för att få ett passande jobb inom sitt yrke i Sverige. Författaren påpekar skälen för detta. Anledningen är problemet med den lokala polisens säkerhetssystem som är partisk av den gemensamma databasen av det globala integrerade säkerhetssystemet.

Men, efter allt som hade hänt, och de motgångarna förattaren mötte så visade författaren sin högsta nivå av tålamod och motståndskraft för att övervinna de svårigheter han mötte.

Den här boken är en berättelse av verkliga incidenter som inträffat i författarens liv och främst i hans doktorandstudier. Författarens svårigheter var också tydliga i hans personliga och arbetsliv efteråt. Varje förekomst som beskrivs i denna bok var spontan och i varje ögonblick fanns det en chans att vända den. Detta hjälper läsarna att hålla sin koncentration genom hela boken.

Sist men inte minst vill författaren förmedla detta budskap om att personen inte bör diskrimineras på grund av kön, ras, etnicitet och religiös identitet för att behålla en global balans mellan den globala hållbarheten. Detta är det primära budskapet i denna bok.

@ Författaren

Framåt från redaktör

Textens handling

Textens handling i sig är väldigt intressant och gripande, eftersom den baseras på verkliga händelser. Den får med allting som författaren beskriver i inledningen, och fortsätter alltid på samma spår.

Textens styrkor

Textens styrkor skulle jag vilja påstå är dessa olika händelser, som ger en bild av det förtryck som författaren beskriver. Att ha med verkliga händelser gör texten mycket bättre, och olika mejl och konversationer författaren har med är också en styrka.

Utveckling av texten

Det som hade kunnat utvecklas är mest ordningen på hur saker och ting händer. Ibland är det bättre att göra ett urval av olika situationer man beskriver. Och inte ta med allt för mycket eftersom det ofta förvirrar läsaren. Många gånger i texten beskriver författten exakta situationer, som vilken mat han äter. Detta kan göra att läsaren tappar intresse, för att det inte har någon betydelse för historian.

Dessutom så skulle jag gärna se att författaren lägger in talstreck (-) när det hålls olika konversationer.

EXEMPEL:
Hej, sa jag
Hej svarade han

Just för att det gör texten mer lättläst, och att läsaren inte tappar bort sig.

Varje gång man skriver en text så måste man alltid tänka på att underlätta för läsaren.

Varför texten ska bli intressant att läsa
En självbiografi är alltid intressant att läsa, eftersom den visar en bild av verkligheten. Denna text ska bli intressant att läsa för allmänna läsare eftersom den speglar forfattares liv. Och den speglar en verklighet inte så många vet om, till exempel det med säkerhetssystemet.

@ Amanda Maria Åkerlind

Erfarenhet i utlandet, en uppenbar verklighet och förståelse av människor på grund av ras, etnicitet och religiös identitet - en verklig självbiografi

Behov av dokumentation

Drivkraften är grunden för behovet. Sedan några år tillbaka känner jag mig motiverad till dokumentera några oräkneliga berättelser till mina framtida generationer. Några ovanliga, oönskade, irrelevanta, inkonsekventa och sorgliga händelser som drev mig tillbaka två decennier. På grund av dessa händelser förlorade jag min energi, hälsa, tid, ansträngning, pengar, trevliga minnen och ett bra förhållande som jag skulle kunnat dela om dessa saker inte skulle ha hänt mig.

Jag vet att dessa berättelser kommer att upptäcka dold och grym natur av några människor. Och dessa människor kommer förmodligen inte at vara nöjda med detta. Men som kloka tjugotal (2000) försöker de fortfarande att förstöra för mig. De kommer att fortsätta göra detta till deras uppdrag har uppnåtts. Det finns ingen logik bakom deras grymma handlingar förutom en etnisk och religiös bakgrund. Med en drivande islamofobi, en otålig och intolerant karaktär, så vill de förstöra mig gradvis. De gör detta för att skapa mental tortyr mot mig.

Deras mål är att jag ska bli psykiskt sjuk. Att jag antingen ska ta självmord eller bli fysiskt och psykiskt sjuk och förlorar arbetsförmågan. Denna information tror jag är tillräcklig för att motivera behovet av att skriva den biografiska boken med titeln "Erfarenhet i utlandet, en uppenbar verklighet och förståelse av människor på grund av ras, etnicitet och religiös identitet - en verklig självbiografi".

Sedan 2010 har jag försökt mer än tio gånger att börja skriva den här boken. Men varje gång jag började skriva så kände jag ett hinder och beslutade att inte lämna ut denna information i form av dokumentation. Eftersom denna information är mycket personlig och konfidentiell och kommer att vara obekväm för de som drabbats. Men den här gången når ryggraden till väggen och den har inget sätt att röra sig härifrån. De är mycket kraftfulla både ekonomiskt och fysiskt och har tillgång till alla statliga och icke-statliga institutioner runt om i världen. Jämfört med detta känner jag mig som en varelse. Men, jag har mod att tala och berätta sanningen. Det är därför jag skriver den här boken.

Det är min innerligaste önskan till alla mina välönskare, bekanta och släktingar som kommer att läsa den här boken att behålla sitt tålamods och inte hämnas på de verkliga karaktärerna som beskrivs i denna bok. Eftersom vi är människor och den bästa skapelsen av gud och tålamod och vänlighet är vårt motto.

Slutligen önskar jag att de personer som nämns som bokens karaktärer också kommer att väcka deras samvete på grund av bokens relevans i form av noggrannhet och sanningsenlighet. Jag kommer att avsluta detta avsnitt med att citera en dikt som heter "The Justice" från HSC-studieplan 1994, "... ... ... I will be rewarded by the god himself even in my life after death for my great sacrifice".

Drivkraft för att resa utomlands

Drivkraft kallas ofta för potential i el-teknik jargong. Utan drivkraft/potential händer ingenting. Min drivkraft för att resa utomlands var en enorm nyfikenhet att få veta okända saker relaterade till vetenskap och teknik. Sedan min barndom har jag varit måttligt nyfiken. Av nyfikenhet skulle jag använda för att ta isär alla mina leksaker som helikopter, bil, kasserad elektrisk utrustning för att ta reda på vad som finns inuti. Jag skulle också göra detta för att se de små delarna monterade inuti för att försöka ta reda på andra påverkningar genom att röra vid anslutningarna med skruvmejsel/ testare. Om jag skulle känna något annat skulle jag få enormt nöje. Jag tillämpade också teknik som jag lärt mig tidigare för att försöka nya saker, trots att ingenting upptäcktes. Men detta gav mig drivkraften att lära mig nya och intressanta saker under min utbildningsperiod.

Med massor av nyfikenhet (drivkraft) så kom jag till Sverige år 2001 för att bedriva min magisterexamen i miljömässigt hållbar processteknik (ESPT) vid Chalmers tekniska högskola, Göteborg, Sverige. Hållbarhetsfrågan pratades inte om i världen under den tiden och det var ett efterfrågat ämne i Europa under 2000-talet. Jag hade också ett starkt intresse för miljöteknik. Så jag blev intresserad av att bedriva en högre utbildning och startade därefter den nämnda utbildningen på Chalmers tekniska högskola.

Under den första introduktionssessionen frågade vår dåvarande programchef professor Hans Theliander alla studenter varför de valde ESPT-programmet. Under min period sa jag: Jag kom från ett tredje världsland, Bangladesh. I mitt land är miljön inte god och föroreningsfri. Det finns liten ansträngning för att bekämpa miljöföroreningar. Massor av oförbränt sotpartiklar (kolmonoxid) från fordonsmotorer och obehandlad rök (kolmonoxid, kväveoxid, svaveloxid m.m.) från industriella skorstenar släpps ut i omgivningen (luft). Dessa saker orsakar människors hälsa på kort och lång sikt. Obehandlat avfall släpps också ut till de mottagande vattendropparna. Detta orsakar hög biologisk syrebehov (BOD) / kemisk syrebehov (COD) till vattendraget. Som ett resultat är vattenfödda sjukdomar mycket vanliga i Bangladesh under hela året, särskilt under regnperioden. Trots att det finns miljöstandarder i Bangladesh men på grund av stärkt lagstiftning är människor ovilliga att följa dessa. Av vissa orsaker är dessa varken genomförbara eller verkställbara på grund av brist på tillräcklig teknisk kapacitet. Det är därför jag vill bli utbildad i miljömässig hållbarhet. Målet är att hjälpa landet. Så att landet kan lämna över en fri miljö till vår framtida generationer som är den bästa läran om hållbarhet.

Livet i Sverige år 2001 – 2002

Jag anlände till Sverige den 22 augusti 2001. Det var mitt första steg i utlandet i frånvaron av mina föräldrar. Trots att jag besökte Indien år 1988, 1996 och 1997 men jag åtföljdes av min älskade far under dessa tillfällen. Efter att ha kommit till Göteborg blev jag nervös pågrund av okänd miljö. Jag glömde att byta pengar på Landvetter flygplats och den internationellamottagningskommitténs medlemmar tog emot mig på flygplatsen. De körde mig direkt till Chalmers campus, gav mig lägenhetsnycklar och körde hem mig till studentlägenheten i Hisingen. Jag gick till lägenheten och valde att återvända tillbaka till Chalmers campus med dem för att träffa Angelica Martensson, som var internationell studentchef. Jag träffade henne och fick hennes väsentliga råd. Det första problemet inträffade när jag försökte återvända hem. Den internationella studentmottagningskommittén skulle inte hjälpa mig att återvända till lägenheten. Jag hade inte heller svensk valuta. Jag hade amerikanska dollar med mig. Men det fanns ingen anläggning på campus för att byta det. Jag hade tur att få hjälp av en tysk student. Han observerade samtalet mellan mig och Angelica och bestämde sig för att låna mig 30 svenska kronor. Han visade mig också sättet att återvända till studentlägenheten den kvällen.

Efter trevlig orientering började verkliga problem när kurserna var i full gång. Problemet började pågrund av skillnaden i utbildningssystemet mellan Bangladesh University of Engineering & Technology och Chalmers Tekniska Högskola. Svenska studenter var mer analytiska, mer förberedda och konceptuella jämfört med mig på grund av tillåtna lokala fördelar. Under de första fyra veckorna var jag rädd för att inte klara av kursproverna. Jag konsulterade detta med docent Simon Harvey från VOM-avdelningen. Han gav mig uppmuntran. Han berättade för mig att lokala studenter vänjer sig till utbildningssystemet.

Du kom från ett annat land. Efter att ha tillbringat lite tid här så kommer du också att känna till systemet. Då blir saker enklare för dig och du kommer att klara kurser. Jag följde hans råd och jag kunde klara alla teorikurser från ESPT-programmet.

Jag blev vän med en doktorandstudent på KMV-avdelningen. Hans namn var Morgan Frölling. Jag diskuterade med honom ett potentiellt ekologiskt problem i den södra delen av en mangroveskog i Bangladesh, Sundarbans. Huvudsakliga skogsresurser, shundori-träd dör på grund av saltvatten som innehöll hög salthalterna. Han lyssnade tålmodigt på mig och kände ånger över för den ekologiska förlusten som orsakats. Efter denna diskussion var han intresserad av mig och blev vän med mig.

Industrial Energy System (IES) var den svåraste kursen på ESPT-programmet. Den allra första klassen på vårt ESPT-program var på IES. Professor Thor Berntsson var föreläsare. Han höll en föreläsning om Industrial Evaporator System. Jag satt längst fram i klassrummt. En svensk student satt bredvid mig, hon verkade oskyldig. Efter lektionen frågade jag om hennes namn. Hon svarade att hennes namn var Hanna Lundqvist. Jag tog hennes e-postadress och bad henne hjälpa mig om jag behöver hjälp med det svensja språket.

Jag ska nämna en annan svensk student. Hennes namn var Elene Josefsson. Hon satt också bredvid mig på en kurs med namnet Global Chemical Sustainability (GCS). Jag skrev något felaktigt i hennes anteckningsbok med och hon blev arg på mig och slog på min hand med ett ljud "NNOO" och därefter tog hon bort hon det ifrån sin anteckningsbok. I slutet av den första GCS-klassen frågade jag om hennes e-postadress. Hon skrev sin e-postadress på en plats i min anteckningsbok som var hennes födelsedag.

Jag köpte choklad till henne på hennes födelsedag. Hon var väldigt intelligent. Jag brukade lyssna på hennes råd om jag inte lyckades förstå några lektioner. Hon skulle använda sitt tålamod för att förklara för mig de lektioner jag inte förstod.

I mitten av ESPT-programmet fick jag ett fullt stipendium från University of Sydney för att bedriva min doktorsexamen (PG) under vänlig handledning av lektor Dennis McNevin. Programmet var tänkt att starta från maj 2002. Mitt planerade ESPT-program skulle vara slutfört i januari 2013. Jag planerade att slutföra ESPT-programmet i augusti 2002 och därefter starta ett forskarutbildningsprogram vid University of Sydney från och med augusti 2002.

Jag diskuterade detta med Morgan Frölling och bad honom att handleda mig för att kunna fortsätta min examensarbete som jag planerade att börja tidigare än den vanliga perioden. Han lyssnade tålmodigt till mig och svarade mig att han inte var i stånd att handleda mig. Eftersom han fortfarande var student och inte var akademiker på Chalmers. Men han presenterade mig med sin vän, lektor Magdalena Svanström.

Jag gjorde mitt examensarbete vid KMV-avdelningen på Chalmers under handledning av lektor Magdalena Svanström från KMV och medhandledning av professor Urban Gren vid KAT-avdelningen. Jag gjorde avhandlingen under min sommarsemester i dubbelskift (klockan 10.00–22.00 varje dag) på grund av planerad PG-studie vid Sydney University av i Australien som jag planerade att starta i augusti 2002.

Jag blev klar med min avhandling i slutet av juli 2002. Under min avhandling var både Magdalena och Urban mycket nöjda därför att jag besvarade alla de frågorna som de skulle ställa i min avhandling. I slutet av avhandlingen föreslog Urban till Magdalena att de skulle ge mig mycket bra betyg i avhandlingen. Morgan och Magdalena höll inte med honom. Då förslog Urban till dem att jag förtjänar bra betyg åtminstone. Under Urbans avgång berättade Morgan till honom något på svenska som jag inte förstod. Jag kunde inte förstå svenska under den tiden. Men både Morgan och Magdalena ville försena betygsarbetet. Deras avsikter var att jag skulle göra ytterligare arbete när jag skulle vara i Australien och lämna in avhandlingen till de igen. Det var därför krävde Magdalena en upplaga/språkkorrigering gång på gång. Hon gjorde detta minst tre gånger. Efter tre omgångar av korrigeringer på varandra och utgåvor skickade jag ett utkast till Urban för hans granskning. Urban gav mig avhandlingen endast med få stavkorrigeringar. Han godkände tyst min avhandling. Sedan sa jag till Urban att jag skulle flyga till Australien om 2 dagar (7 augusti 2002) men min avhandling var inte godkänd av min handledare Magdalena än. Om jag åker till Australien utan att avsluta min avhandling, skulle det lämna osäkerhet att få min magisterexamen från Chalmers. Jag berättade för honom att jag inte visste om de australiensiska förhållandena skulle möjliggöra för att arbeta med min oavslutade Chalmer's masteruppsats där. Urban gillade mig som sitt eget barnbarn. Han sa till mig att jag borde säga till Magdalena att kontakta honom på hans kontor på KAT-avdelningen. Magdalena berättade för Morgan att Urban kallade på henne. Magdalena kontaktade Urban. Antagligen bad Urban att Magdalena skulle låta mig bli klar innan jag reser till Australien. Efter att ha kommit ifrån Urban's kontor beslutade Magdalena för att godkänna min examensarbete. Det var den 5 augusti 2002. Hon gick till femte/sjätte våningen i kemiteknikbyggnaden på Chalmers med Maria, Jessica och Sara (doktorand studenter vid KMV-avdelningen) och fixade Chalmers administrativa system för att godkänna min avhandling. Efter att ha återvänt därifrån, meddelade hon till mig att jag fått godkänt i mitt examensarbete . En stor börda och en osäkerhet togs bort från mitt bröst. Jag var den första personen bland alla internationella studenter som avslutade ett internationellt magistersprogram på Chalmers på kortast tid med bra betyg. Troligen fick jag första ställning bland 600 internationella studenter vid Chalmers under tiden 2001-2003 akademiska sessioner.

Därefter erbjöd Magdalena till mig en doktorand plats på KVM-avdelningen på Chalmers. Hon sa till mig att jag kan stanna i Sverige och göra det här. Jag sa till henne att jag hade en bekräftad flygbiljett till Sydney om två dagar och att allt är planerat och fixat. Jag tackade Magdalena för hennes erbjudande. Man såg att Magdalena inte var nöjd med det. Hon vara gladare om jag kunde acceptera hennes erbjudande. Det var ett stort misstag att inte acceptera hennes erbjudande den dagen. Annars skulle jag förmodligen vara professor på Chalmers nu. Och naturligtvis skulle jag varken möta svårigheter i mitt personliga liv efteråt eller ha osäkerhet när det gäller att hitta ett lämpligt jobb.

Resan till Australien år 2002

Den 7 augusti, klockan 03:00, vaknade jag upp av ett telefonsamtal från Istaq Vai (min kamrat på ESPT programmet). Han sa att om jag måste vakna nu för att mitt flyg skulle lämna Göteborg till Sydney klockan 8:00. Jag vaknade snabbt och blev beredd. Istaq vai gav mig frukost i hans studentlägenhet. Vårt tredje Bangladeshisk student, Nazmul Vai kom till min studentlägenhet klockan 5:00 för att säga hejdå och han gav mig också en CD med populära engelska sånger. Istaq Vai sa hejdå till mig på Landvetter flygplats klockan 8 :00 och jag kom ombord på flygplanet.

Jag köpte min flygbiljett med en studentrabatt. Så vägen var ganska lång: Göteborg - Köpenhamn - Amsterdam - Hong Kong - Sydney. Den totala restiden var cirka 2 hela dagar. Jag hade 12 timmar stopp på Hong Kong flygplats. Jag var den enda passagerare ombord från segmentet Göteborg - Köpenhamn. Flygvärdinnan satt bredvid mig och pratade med mig eftersom hon inte hade något att göra på vägen. Hon berättade för mig att hon är från Norge och att hon arbetar för SAS.

På Amsterdams flygplats var säkerhetskontrollen mycket hård. De kontrollerade mitt australiska visum och officiella dokument och frågade om mitt syfte att resa dit. Efter att ha kontrollerat, låt de mig gå ombord på flygplanet. Den här gången var det Cathay Pacific. Efter tre timmars resa med flyg fick jag matförgiftning när jag åt snabbnudlar på flygplanet. Jag hade smärta i magen och kunde inte äta något under den resan.

När jag anlände på Hong Kongs flygplats kände jag mig mycket sjuk och tvivlade på att nå Sydney flygplats med en god hälsa. Jag åt bara rostat bröd och drack en coca cola som jag tog med mig från Willy:s i Göteborg. Jag fixade kudde med min ryggsäck och sov i en stol på flygplatsen i 6 timmar. När jag vaknade mådde jag bra. Efter 12 timmars mellanlandning på Hong Kong flygplats kunde jag komma ombord igen på flygplanet. Den här gången var det också Cathay Pacific flygbolag. Jag kunde äta mat den här gången på flygplanet. Kabinpersonal meddelade många gånger om en karantän och säkerhetskontroll på Sydney flygplats. Jag var väldigt upphetsad över att åka till Sydney för första gången. Så jag uppmärksammade inte meddelandena.

Slutligen anlände jag till Sydney flygplats cirka 5:00 den 9 augusti 2002 med mycket hopp, pågrund av det avsedda forskningsprogrammet vid Sydney Universitet skulle jag vara en expert på kemiteknik!

Jag tog flygbusstransport för att nå till Sydney Central YHA vid Rawson Place Corner. Jag bokade en säng i 4-bädds sovsal med manligt badrum. Där stannade jag i sju dagar. Sitthyra var AUD $ 25 per natt. Efter att ha fixat allt i YHA, tog jag min frukost på YHAs kafé och började gå mot Sydney Universitet. Jag hämtade en lokal gatukarta från YHA och kunde lätt nå till kemiteknikavdelningen vid Sydney Universitet.

När jag nådde till avdelningens kontor, närmade jag mig assistenten fröken Annett Tomas och presenterade mig som en ny anlandade PG-student. PG-direktören, docent Tim Langrish kontaktade mig och rådde mig att kontakta med madam Josephine Hearty på ingenjörskontoret för att samla in mina antagningsformulär. Jag besökte Madam Josephine och lämnade in antagningsformuläret. Sedan återvände jag till avdelningskontoret och letade efter min PG-handledare biträdeprofessor Dennis McNevin. Dennis var på ett möte vid den tiden. Han kom klockan 12:00 och kunde inte hjälpa mig att få fast boende i Sydney vid den tiden eftersom han hade bråttom.

Efter mötet med Dennis gick jag till n helpdesk för bostäder och samlade in information om några billiga studentboenden. Efter det blev jag väldigt hungrig och köpte en grönsaksburgare och åt den när jag satt i universitetets cafeteria.

Livet i Australien år 2002-2004

Efter den första burgerlunchen återvände jag till det kemitekniska departmentet igen. Klockan 14:00 gick jag på ett seminarium där ppt-presentation gjordes av Dennis själv men presenterades av Dennis PG-student Selim Quazem och forskaren Santo Ragusa. De kunde inte presentera och ta itu med frågorna från publiken så bra. I slutet av seminariet presenterade Dennis mig för publiken. Jag presenterade mig för dem och berättade att jag just anlänt till Sydney den dagen och blev klar med mitt examensarbete för bara en vecka sedan på Chalmers i Sverige. Tim Langrish krävde en presentation på min masteruppsats efter två veckor. Selim och Santos seminarium lyssnades också av en besökande brittisk lektor Adisa Azapagic av Surrey Universitet.

Cirka 16:30 återvände jag till YHA. De engagerade Adisa för att följde mig till busshållplatsen och hon agerade på ett sådant sätt att jag skulle följa henne och hon ville att jag skulle bedriva kulturaktiviteter. Men vid den tiden förstod jag inte om deras så kallade kulturella aktivitet. Så jag reagerade inte på Adisa den eftermiddagen. Men det kostade mig efteråt. Det var fredag.

Måndag morgon nästa vecka (12 augusti 2002) hoppade jag på en buss på väg till Sydney Universitet. Jag gav busschauffören ett mynt på två dollar. Busschauffören gav mig en dollar och trettio cent utan att fråga mig om jag är student eller om jag vill ha bussbiljett med studentrabatt. I Sverige nyttjade jag inte transportbiljett med studentrabatt. Så jag visste ingenting om studentrabatt i Australien. Men efter att ha köpt biljetten skickade de plötsligt en biljettkontrollant in i bussen. Biljettkontrollanten närmade mig direkt och kontrollerade min biljett. Han krävde mig koncessionskort. Jag var helt okunnig om vad han pratade om. Jag sa till honom att jag inte frågade busschauffören om rabattbiljetten. Jag gav honom bara två dollar och han gav mig ett balanserat belopp med en biljett. Men biljettkontrollanten bad mig att visa mitt ID. Jag visade det och han registrerade något i sin blankett. Jag frågade honom om han kommer att böta mig. Han svarade ja. Sedan bad han mig att lämna bussen och ta en annan buss i motsatt riktning, köpa en annan biljett och åka till Sydney Universitet. Nu (efter 17 år) kunde jag förstå varför de gjorde det mot mig. Om jag skulle hade lyssnat på Adisas i fredags och ägnat mig åt kulturell aktivitet med henne så skulle det inte hända mig. Efter denna händelse gissade jag att det kanske inte var möjligt för mig att stanna i det här landet länge. Exakt detta hände i april 2004 när jag lämnade Australien för evigt.

Två veckor efter min ankomst gav jag en presentation för forskningsgruppen av kemiteknik. Min handledare Dennis frågade mig i vilket typ av område, om det var superkritisk vattenoxidation (SCWO) avloppsreningsverk skulle vara lämpligt. Jag svarade honom att jag väntade på den här frågan. Jag svarade honom också att SCWO är lämplig i stadsområdet och inte på landsbygden på grund av näringsbalansen i landsbygden. Dennis var mycket övertygad om mitt svar. Han tillät inte andra att ställa mig fler frågor. Trots det ställde en forskare som heter Dr. Marry Stewarts mig en sista fråga. Hon ville veta varför jag beskrev att tungmetall i SCWO-slam uppnådde icke-lakbar ask? Jag svarade henne att slam i tungmetall uppnådde högsta grad av oxidation. Det var därför jag beskrev det. Men hon var inte övertygad om mitt svar. Dennis slutade seminariet med att tacka mig.

Tre veckor efter min ankomst, meddelade Dennis mig att han kommer att avbryta sin anställning på Sydney Universitet, eftersom hans australiska sambo fick ett jobb i Canberra. Hon är väldigt bra på att göra skulpturer. Hon får inte jobb i Sydney. När Dennis fick ett jobb i Sydney, slutade hon sitt jobb och följde med Dennis. Nu är det Dennis tur, att sluta sitt jobb i Sydney och åker med henne till Canberra.

Jag kände mig väldigt ledsen eftersom det var Dennis som förde mig till Australien. Det som hände mig i hans frånvaro skulle mig bara gud veta.

Under Dennis tid, var min akademiska prestanda vid Sydney Universitet utmärkt. Jag klarade av att förstå hans biofilmmodell och satte in nödvändig korrigering i två månaders tid. Även fast Dennis gav mig fyra månaders tid att göra det här jobbet, så var Dennis nöjd med detta och han tillät mig att arbeta med min egen matematiska modellutveckling av biofilmprocessen för småskalig avloppsrening.

Det var en PG-student på institutionen som var en IT-arbetare på deltid. Han arbetade under IT-chef, Javier Orellana. Hans namn var Rob Willis. Jag fick ett negativt intryck om honom två veckor efter min ankomst. Jag skulle till Javier för att fixa mitt avdelnings-e-post-ID. Genom att se mig stängde Rob Willis dörren med ett högt ljud.

Det var en annan PG-student som var med i departmentet under handledning av Dr. Vincent Gomez. Hans namn var Kito Lukito Raharjo. Han var indonesisk medborgare. Han tog examen från Taiwan och hade tidigare arbetat som korporal i Taiwans armé. Han berättade för mig att han kände Marshal Art. Jag brukade kalla honom "Mr. Marshal Kito ". Jag brukade skoja med honom genom att säga at ham var som en Kung Fu mästare!

Tio veckor efter min ankomst fick jag ett gruppmeddelande från Rob Willis. Han skrev att han skulle ta bort några e-postkonton ifrån grupplistan. Dessa tillhörde de som lämnade avdelningen. Han ville veta vem som var intresserade av att förbli i listan.

Jag förstod inte meningen av hans e-post. Jag trodde att han skulle ta bort några e-postkonton från grupplistan. Så jag skrev honom att jag vill vara kvar i grupplistan. Rob Willis svarade mig att han inte skulle acceptera mitt förslag och att han inte skulle sätta min e-post I listan heller. Han kopierade också sitt svar till kemiteknikgruppen. Så alla fick sitt svar. Jag blev irriterad den här gången. Jag svarade honom att han borde förklara för mig varför han inte kunde behålla min e-post på listan? Jag kopierade också detta e-postmeddelande till gruppen den här gången. Då svarade Rob igen, han hörde att jag fortfarande tillhörde kemiteknikavdelningen. Han skrev också att mitt förhållande till min handledare inte var trevligt men att jag fortfarande tillhörde till avdelningen. Så därför skulle han inte sätta min e-post på listan. Han kopierade igen sitt svar till gruppen. Jag kände mig missbrukad av hans svar.

Den gången svarade jag till honom, "Ditt svar är inte acceptabelt. Du bör kontakta Marshal Kito". Jag skrev till Kito, "Mr. respekterad Marshal Kito, det hänger på dig hur du vill göra med den här killen, Rob Willis. " Jag kopierade också detta svar till gruppen.

Nästa dag svarade Kito. Han kan inte hjälpa till med det. Och det är inte roligt. Han skrev detta meddelande i stora bokstaver med djärv skugga. Kito kopierade också sitt svar till gruppen.

Kemiteknikavdelningen hade tålamod med mina e-postmeddelanden. Men efter att ha fått Kitos e-postmeddelande blev de mycket arga på oss båda. Professor Jim Petrie (avdelningschef) ville lugna situationen genom att skriva ett allmänt e-postmeddelande till kemiteknikgruppen. Han nämnde att gruppmejl är ett privilegium. Det kan återkallas om det missbrukas. Han skrev ett nytt e-postmeddelande till mig och Kito. Han skrev också (bcc) ett andra e-postmeddelande till den enda vännen till mig under den här tiden, Anna Schlunke. I sitt andra e-postmeddelande skrev Jim, "snälla sluta med denna typ av omogna aktiviteter. Om du gör det igen, kommer jag att ta bort dina namn från grupplistan ".

Men ledningen för den dåvarande kemitekniska avdelningen vid University of Sydney kyls inte ner med anledning av detta. De kallade till ett allmänt personalmöte och beslutade att sparka mig och Kito. Detta var det viktigaste skälet till att jag inte kunde Klara av min doktorsexamen från Sydney Universitet under 2004-2005 sessioner. Jag vet inte vad som hände med Kito. Men jag antog att han inte skulle möta samma öde som mig eftersom han var tillhörde den lokala kulturutövare gruppen.

Vid den tiden inträffade ytterligare en olycka. Cirka 23.00 den 12 oktober 2002 detonerades tre bomber på Bali, två i upptagna nattpunkter - Sari Club och Paddy's Bar - och en framför det amerikanska konsulatet. Explosionerna dödade 202 personer, varav 88 var australiska, och sårade hundratals fler (Källa: National Museum Australia). De anklagade den lokala terroristgruppen för förlusten. Efter denna incident var den lokala australiensiska inställningen obehaglig gentemot minoritetstroende. Detta var det andra skälet till att jag mötte så mycket svårigheter i Australien 2002-2004.

Efter dessa händelser instruerade den högre auktoriteten på kemiteknikavdelningen att hindra mig i mina doktorandstudier så att jag inte kunde klara av det.

Eftersom Dennis skulle lämna avdelningen sa jag till Jim att jag vill ändra mitt forskningsämne. Jim gav mig information om ett av hans kommande forskningsprojekt. Han krävde att skriva en sida sammanfattning om detta forskningsprojekt på en dag. Jag skrev och skickade det till honom inom den angivna tidsperioden. Sedan sa han till mig att jag kan samarbeta med adjungerad docent David Fletcher. Men samtidigt så skulle Jim David Fletcher kritisera mina uppdrag som jag skickade till honom.

Följaktligen gav David Fletcher kritik mot mina tre korta rapporter som skickades till honom i början av 2003. Han kopierade all sin kritik till Jim också. Som planerat tog Jim bort mig från sitt projekt. Han gav mig två veckors tid att hitta en ny handledare för min forskningsstudie. Hans onskemål var att sparka mig från den kemitekniska avdelningen.

Jag blec väldigt upprörd över den här händelsen och gick till professor Jose Romagnolis kontor. Jag försökte beskriva min situation för honom men kunde inte tala utan att gråta. Jose sympatiserade med mig. Han frågade hur de kunde bedöma att jag inte skulle kunna arbeta med Jims projekt innan det ens hade startat. Efter det kallade han Jim till sitt kontor och fixade det australienska systemet för mig. Sedan rådde Tim mig att kontakta antingen docent Geoff Barton eller Dr. Vincent Gomez om handledningsmål. Jag kontaktade docent Geoff Barton. Geoff berättade för mig om två av sina forskningsprojekter. Ett projekt handlade om utveckling av mikrostrukturerad polimer optisk fiber (MPOF). Jag blev intresserad av projektet. Då accepterade Geoff mig officiellt som sin doktorandstudent trots mitt tidigare beteende.

Förmodligen gjorde den australiska säkerhetspolisen en förfrågan på mig någonstans inrikes och utrikes. De samlade in massa information om mig, eftersom mitt namn var för religiöst. Det bör noteras att jag bara var engagerad i ett "studerat" syfte och att det inte fanns någre anklagelser under mitt namn hemma eller utomlands på den tiden fram till nu.

Eftersom den kemitekniska avdelningen fick fel information, så beslutade de att avbryta min doktorandkandidatur. Jim sa till Geoff att genomföra detta beslut.

Jag bodde i ett litet rum nära Sydney Universitet vid Broad Way i Australien. Myndigheterna bad min fastighetsvärd (Madam Fay) att släppa myggor och lämna en aerosolspray som innehöll lunginflammation i mitt rum. Jag visste inte om deras mekanism bakom aerosolsprayen. Jag sprayade det för att ta bort myggan den natten. Som ett resultat av detta smittades jag av lunginflammation nästa morgon. Det var första gången jag smittades av inducerad lunginflammation utomlands och i frånvaro av mina föräldrar. Det var väldigt smärtsamt för mig.

Den dagen jag smittades av lunginflammation fick jag information från Geoff om att han och min dåvarande handledare, Dr. Maryanne Large, ville examinera mig. Jag läste igenom en bok med namnet "optisk polymerfiber" för att besvara deras frågor. Trots att de visste om min sjukdom, var de mycket aggressiva mot mig och var väldigt nyfikna på att hitta mina fel.

Efter det, som planerat, skickade Geoff ett e-postmeddelande med cc som kopierade till Tim och nämnde att mina framsteg inte är tillfredsställande. Nästa dag skickade Tim till mig ett officiellt brev. I Tims brev skrev han, "på grund av oro från din handledare Geoff är du skyldig att dyka upp före en examinering".

Jag blev mycket ledsen av deras sådana icke-humanitära handlingar eftersom jag sjuk på och var sjukskriven enligt läkarnas råd.

Efter två veckors sjukdom och återhämtning kontaktade jag Geoff. Geoff krävde en skriftlig formell rapport om mitt projekt med konkret forskningsförslag på bara tre dagar. Jag hade ingenginb i huset. Jag hade ont i hela kroppen, men jag gav aldrig upp modet. Jag tog min laptop, och började. Under de första två dagarna sov jag bara 3.4 timmar om dagen och arbetade i 19-20 timmar för att skriva upp mitt forskningsförslag som Geoff krävde. Jag kunde skriva ner forskningsförslaget under den angivna tidsperioden och skickade det till examinatorerna.

Efter att ha fått rapporten om forskningsförslaget tryckte de tillbaka examineringsdag med en vecka. De gjorde hela saken bara för att skapa extra stress på mig. Medlemmarna i undersökningskommittén var Jim, Tim, Geoff, Maryanne, Brian och en extern medlem från fysikavdelningen vid Sydney Universitet. Brian var Anna's handledare. Han var nyckelpersonen som skapade problem för mig. Han rapporterade också om mig till den australiska säkerhetspolisen enligt beslut som gjorts av kemiteknikavdelningen efter min konflikt med Rob Willis. Syftet var hela tiden att sparka mig av från kemiteknikavdelningen. På grund av detta beslutade Brian att avgå från min examineringskommitté.

Under examineringsdagen hade jag på mig kostym. Kommittémedlemmarna hade ett övertag eftersom de trodde att jag skulle vara väldigt nervös och inte skulle kunna ta itu med deras frågor. Prövningssessionen delades in i tre delar: muntlig presentation, fråga och svar och diskussion av utskottsmedlemmarna. Jag var väldigt beslutsam. Jag började presentera mitt forskningsprojekt genom att introducera perspektiv på utvecklingen av röksignalsystem från antiken. Det var en mycket relevant och intressant introduktion. Jag beskrev projektet muntligt. Alla verkade nöjda. Under frågeformuläret behandlade jag alla frågor som togs upp av examensutskottets medlemmar inklusive en fråga från Tim Langrish. Tim frågade mig om Raynolds nummer och hur jag beräknade friktionsförluster. Jag använde vittavlan för att besvara hans fråga grafiskt. Han var mycket nöjd. Geoff frågade precis varför jag skrev hörnstenmodell för att beräkna materialförlust i MPOF? Jag svarade honom att min förklara hur min modell kan beräkna optisk förlust med hänsyn till mikrostruktur och graderat indexsystem. Troligtvis var Geoff också nöjd även fast det inte såg ut så. Ledamoten för granskningskommittén satt vid diskussionen nära dörren, och hade en säkerhetskontroll online. Det australiska säkerhetssystemet godkände inte min kandidatur. Det berodde på att Brian registrerade anklagelser mot mig i systemet efter att ha stridit mot Rob Willis. Som ett resultat, trots min personliga framgång, beslutade utskottsmedlemmarna att inte godkäna mig i tentamentet.

Som vanligt började Geoff berätta för mig att jag misslyckades. Men han berättade inte orsaken till varför jag misslyckades. Han samlade in en lista över mina påstådda fel under min tid med honom. Med detta och ett brev från Jim skickade de ett officiellt brev till dekan för ingenjörsavdelningen för att försöka avbryta min kandidatur. Dekanen sa nej. Han instruerade avdelningen att förlänga min kandidatur under de kommande sex månaderna.

Sedan sa Geoff mig att jag skulle arbeta i sex månader istället. Detta skulle vara värt för att få ett jobb efteråt. Eftersom jag gjort det så bra med min forskningstudie och har förmåga, sa jag till honom att jag kommer att fortsätta min doktorsexamen istället. Sedan för att avvika mig från mitt ursprungliga projekt (optisk förlustkaraktärisering och minimering i MPOF) gav Geoff mig ett annat projekt om "åldring och degradering i MPOF". Detta var ett femmånadersprojekt.

Ifrån min ankomst, enda fram till nu så övervakade australierna mig genom deras säkerhetssystem. Efter Rob Willis incidenten så skapades det nya problem för mig på alla sätt de kunde. Australiens säkerhetssystem köper övervakningsanläggningar ifrån världens starkaste leverantör av säkerhetssystem. Deras attityder mot mig var partiska av säkerhetssystemet och konstgjorda. Dessa var också långt bort från verkligheten. Dessa säkerhetsorgan genomför sina beslut av religiösa institutioner. Syftet är att demoralisera offret. Målet är att avvika offret från sin egen religion. Sedan berättar dom för andra religiösa människor att offret kommer att avvika från sin religion och att offret är icke-troende. Så de börjar mentalt tortera offret. Detta genom att tillämpa olika taktiker som tortyr av säkerhetspolisen mot offret. I värsta fall väljer offret självmord. Svårighetsgraden av dessa typer av aktiviteter är mycket eländig för offer och jag var ett offer i Australien 2002-2004.

I början av fem månaders projekt på åldring och degredering i MPOF, påminde Geoff och Maryanne mig om min svaga och hemska situation på Sydneys Universitet. Indirekt informerade de mig om att jorden under mina fötter är instabil där år 2004. Jag kunde förstå meningen med deras information. Jag tystnade. Jag hade ett förtroende för min kapacitet och kunskap och var intresserad att prata om mitt forskningprojekt. Jag hade ett förtroende för aoavsett vad de skulle göra skulle det inte kunna skada min doktorsexamen. Jag var bestämd. De gjorde det äntligen för att de hade auktoritet. Jag började agera proaktivt genom att lära mig från deras tidigare attityder. Jag bad dem ordna ett granskningsmöte en gång varannan vecka. Vid varje tillfälle skulle jag använda nya forskningsresultat med framsteg. De var nöjda. Efter fyra veckor med projektet besökte jag Bangladesh i 7 veckor. Geoff var oenig. Jag sa till dem att jag inte hade träffat mina föräldrar på 2,5 år. Genom att lyssna på mig, och berätelsen om mina föräldrar så blev Jim lite känslomässig och då hindrade de mig inte från att besöka Bangladesh. För att fortsätta skapa press på mig även i Bangladesh, kommenterade Geoff i min årliga framstegsrapport att mina framsteg fram till detta datum inte var tillfredsställande och han rekommenderade inte att fortsätta min kandidatur efter mars år 2004. Han gjorde det dagen innan min resa till Bangladesh. Jag blev ledsen av detta. Men jag sa inte något till dem. Jag stannade i sju veckor i mina föräldrars hus i Bangladesh och tyckte om deras tillgivenhet. Även i Bangladesh försökte det australiska säkerhetpolisen att demoralisera mig. De brukade prata med olika personer för att ställa frågor om min doktorsexamen. Även om dessa människor inte visste något om detta. Jag vara tyst om den här frågan. Bara en gång svarade jag en av mina vänner att om en student skulle lyckas på kemiteknikavdelningen vid Sydney Universitet, skulle jag vara en av dem. Jag återvände till Sydney den sista veckan i januari år 2004 för sista gången.

Jag bedrev mitt forskningsprojekt på det bästa sättet jag kunde. Jag brukade dyka upp före Geoff och Maryanne på våra regelbundna granskningsmöten. De verkade nöjda med mina resultat i det mitt projekt. Mitt i projektet försökte de igen orsaka fysiska skador på mig. Jag använde laserstråleprojektor i mitt arbete som de lämnade på det optiska experimentlabbet. Efter ett tag tog de bort den goda strålen och lämnade en skadad laserstråleprojektor med en defekt elektrisk anslutning på kortet. Deras mål var att jag skulle röra vid instrumentet och drabbas av fruktansvärda elektriska stötar. Pågrund av dettacstannade Geoff till på ett sjukhus som en proaktiv förberedelse. Jag var försiktig på grund av deras alla negativa attityder till mig. Så först tog jag bort den elektriska anslutningen för att undvika elektriska stötar. Sedan rörde jag på instrumentet. Så snart jag rörde det, föll det på marken på grund av lös montering. Då rusade Martin Van Eijkelenborg (en experimentell specialist för OFTC 2004) in i rummet och kommenterade att AUD $ 5000 värderade utrustningar skadades! Jag fick reda på deras plan när Geoff kallade mig i hans kontor och frågade vad som hände igår. Han informerade mig om att han vid den tiden var på ett sjukhus av någon anledning. Hur som helst jag kunde rädda mig men kunde inte rädda min forskningsstudie.

Jag skrev en slutrapport som var 70 sidor lång och sammanställde mina forskningsresultat som omfattade Geoff och Maryannes råd. Det var unikt i originalitet och omfattande i relevans. Jag skickade rapporten till examensutskottets ledamöter i tid.

Exemineringsdatumet var den första veckan i april 2004. Det var en ögontvättsexaminering. Eftersom de förut hade fattat ett beslut om hur de skulle förstöra för mig. Men jag utförde ärligt mina uppgifter och producerade ett forskningsresultat. Precis som tidigare delades examen i tre delar. Under första sessionen fick jag möjlighet att försvara mig muntligt. Jag började prata direkt om mitt projekt inklusive projektets omfattning, vad jag gjorde, vilka resultat jag fick inklusive analys och slutligen avslutade jag med att förklara i hur unikt och fullständigt mitt forskningsarbete var. Alla exameniringskommittémedlemmar verkade nöjda. Den andra sessionen var ett frågeformulär och svar. Under den här sessionen frågade Geoff, Tim och Maryanne mig inga frågor. Endast Jim frågade mig vilken temperatur jag använde för att beräkna aktiveringsenergi. Jag svarade att jag använde kelvin temperaturen genom att lägga till 270 garder temperaturen. Han var nöjd med detta. Han tog bara upp frågan om accelererad åldrande faktor som jag använde. Han berättade att jag studerade i Sverige. I Sverige kan temperaturen ofta sjunka ner till 0° C. Om du delade något med noll skulle resultatet vara infinitivt. Jag svarade honom att de flesta vetenskapliga postulat fungerar med begränsning. I detta fall var begränsningen nämnaren för den åldrande faktorn skulle aldrig vara lika med noll. Detta var logiskt svar. Jag informerade också detta till Tim genom att skriva honom ett e-postmeddelande. Den tredje sessionen var en stängd diskussion bland granskningskommitténs medlemmar inklusive den australiensiska säkerhetssystemkontrollen. I det andra försöket godkände det australiska säkerhetssystemet inte min doktorandkandidatur igen. Detta berodde igen på att Brian registrerade anklagelser mot mig i systemet efter min konflikt med Rob Willis. Som ett resultat, trots mina personliga framgångar, beslutade utskottsmedlemmarna att inte godkäna mig i examen.

Efter den stängda diskussionen, informerade Jim att jag misslyckades. Jag svarade att jag arbetade hela periodern under handledning av Geoff och Maryanne. Under dessa handledningsrundor väckte ingen av dem kritik mot mitt forskningsarbete. Det är inte etiskt att döma negativt om ett omfattande fem månaders forskningsarbete på bara en timmes granskningssession. Om jag skulle göra fel, kunde min handledare påpeka det innan men ingen inte gjorde det. De var tysta. Det innebar att det jag gjorde var korrekt. Jag pekade på att Geoff skulle säga något till min fördel. Men han berättade att doktorsexamen är hängiven till mig själv. Och jag är den enda som kan försvara mig själv. Sedan sa Jim att jag skulle förstå allvaret i deras beslut och att han kommer att ta mitt skrivbord och att jag måste lämna åtkomstnyckeln till honom och måste lämna avdelningen. Jag svarade bara honom att ja; Jag skulle lämnarinstitutionen med min doktorandbetyg. Sedan lämnade jag dem den dagen.

Jag blev mycket sårad av deras ohumanitära aktiviteter men sa ingenting till någon och kom just tillbaka hem till Lakemba den dagen. Jag bestämde mig om de inte tillät mig att fullfölja doktorsexamen, skulle jag lämna Australien. Under de kommande tre dagarna gick jag inte till mitt kontor vid avdelningen av kemiteknik vid Sydneys Universitet. Den första dagen sov jag hela dagen. Under den andra dagen besökte jag Taronga Zoo. På den tredje dagen besökte jag Manly strand. Jag gjorde detta för att besöka dessa platser för sista gången. Eftersom jag kunde gissa att de inte skulle tillåta mig att slutföra min doktorsexamen så var jag tvungen att agera i enlighet med det.

Jag återvände till mitt kontor efter fyra dagar av examinering. Som planerat mötte Geoff mig och han ropade in mig på sitt kontor. På sitt kontor sa han att jag misslyckades. Jag sa till honom att jag gjorde det bra i provningen och alla medlemmar i granskningskommittén var nöjda. Så varför misslyckades jag? Geoff frågade mig hur jag gissade att granskningskommitténs medlemmar var nöjda. Jag svarade honom att jag antar genom att jag tittade på deras ansikten. Om jag skulle misslyckas med mitt försvar, skulle de reagera negativt. Geoff var inte nöjd med detta. Han frågade vad jag skulle göra om jag inte skulle få fortsätta min doktorsexamen. Det finns en vägg framför min doktorsexamen som inte kan övervinnas. Han frågade också mig varför jag fortfarande arbetar med projektet. Jag svarade honom att jag arbetar med mitt projekt eftersom jag ville veta mer. Han svarade att ok vet mer. Han sa det så negativt. Sedan lämnade jag hans kontor med en oavslutad diskussion.

Nästa dag roppade Jim mig på sitt kontor. Han berättade igen för mig att jag hade misslyckats. Han ville veta vad jag vill göra i den här situationen. Han sa till mig att min studentvisa skulle upphöra eftersom han kommer att informera det internationella studiekontoret om min avskrivning. Han nämnde också att det internationella studentkontoret skulle informera detta till australiensiska immigrationsavdelningen. Som ett resultat av detta skulle den australiska immigrationsavdelningen upphöra med min studentvisa. Han rådde mig att jag skulle ansöka om en annan typ av visum för att fortsätta stanna i Australien. Jag svarade honom att om jag inte skulle få fullfölja doktorsexamen skulle jag lämna Australien. Jag bad honom ge mig en sista chans att slutföra min doktorsexamen. Jim avvisade min begäran. Han informerade mig om att det beslut som de fattade är slutgiltigt. Han rådde mig att gå till alla akademisk personal på institutionen och diskutera med dem om min situation. Han gav mig två veckors tid att bestämma mig och agera i enlighet med detta. Jag lämnade hans kontor. Under de två veckorna fortsatte jag att arbeta med mitt forskningsprojekt och skrev en artikel för att publicera den i internationell tidskrift.

Efter två veckor roppade Jim igen på sitt kontor och frågade mig om mitt beslut. Jag svarade honom, jag skulle lämna Australien. Han frågade mig om min lagliga bosättningsstatus. Han frågade om det var i Sverige. Jag svarade honom att jag hade status för laglig vistelse i Bangladesh. Jag bad honom betala för min flygbiljett, och han gick med på det. Den sista torsdagen gav han mig ett brev på väg hem från kontoret. I brevet skrev han att jag misslyckades och att han skulle avregistrera mig. Han ville också att jag skulle städa upp skrivbordet jag använde under de senaste 21 månaderna och skriva på brevet. Jag läste brevet när jag kom hem. Jag kommenterade hans brev: "Mottagits med förnekehet. Annars skulle det vara validering till fel i rättvisa. Han borde betala en flygbiljett inom 24 timmar så att jag skulle kunna lämna Australien så snart som möjligt ". Den sista fredagen återlämnade jag brevet till räkenskapsföraren (Madam Katherine Thomas). Kontohanteraren var mycket förvånad över att se min räknekommentarer på brevet. Hon ville ha en kopia av mitt pass. Jag tog inte med mig passet den dagen. Jag sa till henne att kemiteknikavdelningen hade en fotokopia på mitt pass. Jag tillhandahöll det till avdelningen när jag undertecknade ett lärarassistentkontrakt förra året. Hon hittade min passkopia och köpte en elektronisk flygbiljett för mig att återvända till Bangladesh. Min flygning var på nästa måndag. På lördagen gick jag till mitt kontor för sista gången för att städa upp allt. När jag gick till köket kom Georg dit. Han agerade som om han ville säga något till mig. Georg skickade Salim Quazem i köket för att agera ovänligt mot mig. Jag sa inte heller något till Salim. Slutligen tog jag bort en bild från skrivbordets yttervägg och lämnade avdelningen, för evigt. Jag sa bara tyst, "dessa människor skulle vara skyldiga till tid, plats och sin egen gud för deras oberättigade aktiviteter till mig ".

Mitt returflyg till Bangladesh var den 26 april år 2004 med Singapore air lines. Flygningen gick från Sydney flygplats cirka klockan 11:00. Efter två timmars flygning över Australien meddelade piloten att extra rök släpptes ut från en av motorerna. De kontaktade Sydney flygplatsmyndighet. Flygplatsmyndigheten instruerade piloten att stoppa motorn och återvända till Sydney flygplats. Alla passagerare i planet blev rädda för detta. Jag var tyst. Piloten följde flygplatsmyndighetens instruktioner och återvände tillbaka till Sydney flygplats. Återvända tillbaka till Sydney flygplats, ringde jag min kompis

Shoheb vai och sa att jag lämnar Sydney för evigt. Jag fick inte chansen att säga det till honom under de senaste veckorna. Efter en timmes misslyckad sökning kunde flygingenjörerna inte räkna ut något fel i planet. Flyget åkte igen till Singapore.

När jag nådde Singapore flygplats lämnade mitt anslutande flyg till Dhaka, Bangladesh redan. Jag var tvungen att hålla mig på Singapore flygplats hela dagen. Under mellanstoppet fick jag ett hotell och matfaciliteter på flygplatsen. Efter 24 timmars vistelse kom jag igen ombord på planet och flög säkert till Dhaka, Bangladesh. På Bangladesh flygplats kunde jag inte hitta mitt bagage. Eftersom mitt bagage inte överfördes till mitt returflyg från Singapores flygplats. Det är hur slutade jag min smärtsamma upplevelse i Australien.

Uppdelning av människor utifrån ras, etnicitet och religiös identitet

Uppdelning av människor utifrån ras, etnicitet och religiös identitet har skett ända sen forntiden. Alla oroligheter i världen skedde på grund av detta. På grund av detta skedde det första och andra världskriget. På grund av detta skäl kommer förmodligen det tredje världskriget att hända.

Om vi ser tillbaka på historien så berättar en kaptenkock att han kunde kunde komma in i Australien 1770. Han var inte välkommen av det ursprungliga folket. Dessa människor kastade stenar till kapten Cook. Så han var inte nöjd med detta. När hans kollegor kunde bosätta sig började de undergräva och undertrycka de ursprungliga folken. Målet var att dominera över territoriet. Syftet är att hålla den administrativa makten under deras hand för alltid.

Under detta historiska perspektiv är det osannolikt att bli av med rasism, etnisk kris och religionsfrihet i Australien. Även om de hävdar att de har mångkulturell och mångfaldig befolkning, upprätthåller de specifika strukturer för att förtrycka männskor. Genom att kontrollera administrationen strikt.

Jag hade ingen tidigare information om ovanstående situationer i Australien. Jag antog inte att jag skulle behöva möte en sådan situation. Jag trodde att jag var student. Om jag presterade bra i min studie, skulle jag lyckas. Det skulle inte finnas något hinder som skulle kunde stoppa mig från att uppnå mitt mål. Men jag hade fel. Beslutsfattaren bevarade alla rättigheter att fatta beslut. Om de vill låta någon lyckas, oavsett vad som skulle vara hans/hennes framsteg, skulle han/hon lyckas. Rasism var mycket intensivt i Australien. Prioriterade människor trodde att de var överlägsna över andra. De försökte dominera andra på vilket sätt de än kunde. Konflikten var uppenbar.

Den etniska uppdelningen var mycket intensiv i Australien. En etnisk majoritet dominerade över etnisk minoritet. Även om de hade lagar för att skydda etnisk differentiering och för att upprätthålla etnisk jämlikhet, tycktes dessa endast vara skriftliga lagstiftningar. Implementering av dessa saknas där. Situationen för religionsfrihet var också mycket svag där. "Prioritetsfolksreligioner" dominerade över andra. Minoritetsfolk möter olika svårigheter när de utövar sina egna religiösa aktiviteter.

För att kontrollera ovan nämnda hotspot-områden, förlitade den australiska myndigheten sig på administrativ kontroll. De köpte digitaliserat administrativt kontrollsystem från världens mest effektiva systemleverantör. Detta digitaliserade den administrativa som ett kontrollsystem som fungerade på en individuell och kollektiv nivå. Systemadministratören gav ut grundläggande information om offret som skulle kontrolleras. Då kan systemet manipulera offerets tänkande digitalt. De gjorde detta för att tortera offret mentalt. Om de kunde fortsätta göra detta på offret under lång tid, skulle offret automatiskt försvinna. I denna process behövde de inte implementera sin fysiska kraft utan kan kontrollera offret intellektuellt.

På grund av olika ras, etnisk och religiös identitet, var jag tyvärr ett offer i Australien. Det var mitt fel att inte samla in denna grundläggande information innan jag åkte till Australien. Pågrund av detta övade jag på mitt naturliga beteende. Detta gav utrymme för majoriteterna att hitta en lista över mina fel. Då kunde de implementera sitt digitaliserade kontrollsystem på mig. Detta uppenbara öde var min oönskade och olyckliga avgång från Australien 2004.

Rull av säkerhetssystem och kyrklig aktivitet för behandling av människor med olika religiös bakgrund

De köpte ett artificiellt baserat säkerhetssystem. Detta system har utvecklats av världens mest effektiva intelligenta byråer. De förbättrar kontinuerligt systemet så att det inkluderar fler och fler alternativ som är kompatibla med tiden. Huvudsakligen säkerhetspolisen och försvarssäkerhetsbyråer i det berörda landet köper, administrerar och använder detta säkerhetssystem. Syftet med att använda detta säkerhetssystem är att tortera den utsatta personen. Målet är att förstöra den utsatta personen och samtidigt njuta av skyldig befrielse. Detta är mycket allvarligt. De förblir alltid över lagen och ordningen men samtidigt äventyrar de den utsatta personens liv.

För att kontrollera den utsatta personen genom detta säkerhetssystem, måste grundläggande information om personen anges i systemdatabasen. När detta är gjort kan systemet manipulera personens tänkande genom att dra nytta av programvara för artificiell intelligens. Detta kanske inte alltid är korrekt men kan förutsäga ett troligt tänkande om den utsatta personen. Efter detta kan systemadministratören mentalt tortera de sårbara genom att avslöja tankarna på de sårbara för den öppna allmänheten. I de flesta fall kan de sårbara inte gissa hur det är möjligt. Administratören av systemet tar denna fördel för att förstöra de utsatta permanent. Så här fungerar det konstgjorda intelligensbaserade säkerhetssystemet. Säkerhetspolisen använder religiös institution för att trakassera de utsatta som har olika religiös identitet.

Efter Rob Willis-incidenten rapporterade Brian och skrev in min grundläggande information till den australiska säkerhetspolisens databas. Han gjorde det efter ett kollektivt beslut som togs av avdelningen. När australiska säkerhetspolisen fick min information, anställde de lokala kyrkor för att börja tortera mig mentalt. I denna situation försökte den lokala kyrkan främst att konvertera mig religiöst. Om jag skulle bli omvänd, skulle de låta mig frigöras. I en sådant fal, om de sårbara fastnar fast vid dess ursprungliga religion, använder de sin religiösa terapi och könsvapen på den. Dessa vapen fungerar baserat på ovan nämnda webbaserade intelligenta säkerhetssystemet.

De kyrkliga anställda personeld arbetar med retroaktiv aktivitet för de sårbara. Vid religiös terapi berättar andra religiösa människor att den sårbara är icke-troende, så de bör tortera den. Samtidigt berättar de samma-religiösa människor att den utsatta kommer att förändra sin religion. Så de bör förtrycka det. Således implementerar de tortyr mot de sårbara.

Vid könsvapen, anställer kyrkan en attraktiv kvinna av olika religion för att tortera de sårbara. Kvinnan frestar den sårbara och försöker sitt bästa för att falla honom i hennes könsfälla. Hon fortsätter att försöka tills hennes uppdrag blir framgångsrik. När den sårbara faller i hennes fälla, stressar hon honom mentalt genom att introducera sin pojkvän till den sårbara. Pojkvännen skiljer henne sedan från den sårbara genom att berätta för henne att den sårbara är icke-troende. Dessa aktiviteter är undervisade aktiviteter av kyrkan. Så här använder kyrkans personliga könsvapen på de sårbara.

Den australiska säkerhetspolisen torterade mig genom att använda både religiös terapi och könsvapen. De använde religiös terapi på mig genom att förspänna religiöst personell. De gjorde det genom att kommunicera med A.K.M. Mohsin. Deras utsedda agent, kyrkans personelal engagerade Anna Schlunke för att tillämpa könsvapen på mig. Hon var välutbildad och hade erfarenhet av att göra liknande aktiviteter till tidigare forskarstudenter. Efter att ha applicerat könsvapen på mig under lång tid utvecklade Anna Schlunke troligen mjuk sympati på mig. Det var därför hon troligen blev chockad när jag lämnade Australien. Kyrkans personeal engagerade också Lilla Rawlings för att tillämpa könsvapen på mig. Lilla var en kandidartesexamen student och var yngre än mig. Jag övervakade henne i destillationskolumnlaboratorium och termodynamiska kurser. Lilla applicerade inte könsvapen på mig. Det var därför jag hade mjuk sympati för henne.

Så här trakasserar säkerhetspolisen till människor som har olika religiös identitet genom att använda sin religiösa institution.

Analog med internationellt säkerhetssystem för att trakassera människor även i utomlands

Detta konstgjorda intelligenta baserade säkerhetssystem fungerar utanför den nationella gränsen och det är ganska transnationellt. Detta är ett integrerat system som har en anslutning till olika interna statliga säkerhetsinstitutioner. Detta system har också en internationell plattform och delar en gemensam databas där all information om de sårbara vanligtvis lagras. Flexibiliteten i att ha ett sådant system är att det kan användas för att trakassera de sårbara även i utlandet på samma sätt som de gör i hemlandet. Detta säkerhetssystem har också en satellitbaserat överföringsanvändargränssnitt. Som ett resultat kan de sårbara hanteras även från det utomeuropeiska landet. Säkerhetsbyrån genomför i första hand sin grundläggande instruktion genom den berörda landets religiösa institution.

Så detta säkerhetssystem har en lokal, nationell, regional och en global datadelningsfunktion för att administrera de sårbara vart dom än är.

Syftet med detta system är att övervaka de sårbara oavsett tid, plats och period. Målet är att äventyra liv för de utsatta tills deras mål uppnås. Målet är att intellektuellt förstöra de sårbara.

När lokal information om en person matas in i systemdatabasen lagras den i ett centralt databassystem. Det centrala databaserade systemet delar information till de tillgängliga säkerhetsmyndigheterna. Detta är en allvarlig överträdelse och brott mot rätten till skydd av personuppgifter. Enligt rätten till skydd av personuppgifter kan ingen personlig information överföras till andra personer eller myndigheter utan ett skriftligt medgivande från den berörda personen. Men på grund av skyldig befrielse följer inte säkerhetsorganen denna lagstifninger.

Under ett sådant perspektiv överförde den australiska säkerhetsbyrån min personliga information till det centrala säkerhetsdatabassystemet. Detta var mycket ovanligt, eftersom jag bara var en forskarstudent där. Jag hade ingen olaglig bakgrund och var en rättvis och fredlig invånare. Trots detta behandlar de mig som en dömd person.

Den australiska säkerhetsbyrån skulle ha låtit mig frigöras när jag lämnade landet. Även om de gjorde oåterkallelig förlust för mitt personliga liv genom att förstöra min förtjänade doktorsexamen. Men de försökte förstöra mig även när jag lämnade Australien. Säkerhetsbyrån tillsammans med det centraliserade säkerhetsdatabasssystemet och den kyrkliga institutionen fortsatte att tortera mig i Bangladesh. De gjorde det så att jag inte kan få ett passande jobb i mitt yrke. De avslöjade dålig information om mig till olika arbetsgivare i Bangladesh inklusive Bangladesh University of Engineering and Technology. Som ett resultat av detta var jag arbetslös i Bangladesh i 11 (elva) månader. På grund av detta kunde jag inte sova på natten på fyra månader och jag blev psykiskt sjuk. Men, tack vare min himmelska far så blev jag förd till Indien för behandling i januari 2005. Efter några veckors intensivvård under behandling av Dr. Abul Kalam Azad blev jag botad. Tack vare till mäktiga gud för att du gav mig ett nytt liv. Annars hade det varit slut på min era på denna vackra planet.

Såhär fungerar de med internationella säkerhetssystemen som finns för att trakassera människor även i utlandet.

Livet i Bangladesh i år 2004-2008

Jag återvände i Dhaka, Bangladesh den 27 april 2004 från Sydney, Australien. Innan min ankomst inrättade den australiska säkerhetspolisen genom det nämnda säkerhetssystemet allt, på vilket sätt de kunde fortsätta trakassera mig. Deras mål och omfattning var att skada mig allvarligt. Troligen distribuerade de den lokala kyrkliga institutionen för att genomföra detta. Den lokala kyrkliga institutionen gjorde en konspiration för min familj, lokalitet och samhällsnivå för att äventyra mitt familjeliv. De skickade också liknande dålig information till Bangladesh University of Engineering and Technology och Chalmers Tekniska Högskola. De gjorde detta så att jag inte kunde få en student- eller tjänst på dessa universiteter där jag hade bra prestation tidigare.

På familjenivå riktade de detta mot min svåger. Han bad min syster att lämna dålig information till min mamma som älskade mig mycket. Eftersom jag var hennes äldre son och så hon hade höga ambitioner om mig. Informationen ifrån den australiska säkerhetspolisen var: Jag misslyckades och universitetsauthoriteten utvisade mig, jag kunde inte tåla på det på grund av högt tryck, jag hade inte förmåga att bedriva doktorsexamen osh så vidare. Jag uppmärksammade inte detta då det undervisade folkets kommentarer var ingenting mer än sånger till mig. Eftersom jag var den enda i Bangladesh på den tiden som verkligen visste vad som faktiskt hände under min tid vid Sydney Universitet i år 2002-2004. Jag sa till min mamma att jag lämnade universitetet på grund av moralisk grund för att upprätthålla min integritet. Om jag hade stannat kvar i Australien trots deras orättvisa aktiviteter till mig, skulle den australiska auktoriteten fått ytterligare chanser att göra liknande orättvisa till många oskyldiga studenter. Min tysta och protestavgång skulle rädda många framtida studenters liv i Australien. Eftersom den australiska auktoriteten inte skulle göra liknande saker till fler studenter. Eftersom dessa kommer att förlora deras skattepengar. En internationell student i Australien är mycket dyr. Om de skulle säga nej till en internationell forskarstudent efter två års studier, skulle det kosta dem cirka AUD $ 90 000 - AUD $ 100 000 totalt. Det var inte bara studenten som underlåtit karriärförlust utan också den australiensiska auktoriteten som lidit av en ekonomisk förlust. Eftersom den avgående studenten kunde bidra till australiensisk ekonomi efter examen och kan vara en utbildad invånare. Men detta kunde inte tillfredsställa min mamma. Hon blev väldigt ledsen. Hon drömde om att jag skulle bli en avskådad forskare i världen med gott rykte och skulle kunna bidra till familjen. Men hennes förhoppningar dog efter min återkommande återkomst till Bangladesh.

På lokal nivå sprider den nämnda agenten dålig information om mig till mina grannar i Bangladesh. Efter bara en veckas ankomst hörde jag en granne påpeka att den australiska myndigheten utvisade mig.

På samhällets/institutions nivå överförde agenterna dålig information till Bangladesh University of Engineering and Technology. Institutionen som välvilligt erbjöd mig akademisk ställning 2003, gav upp sitt ansikte från mig. De berättade för mig år 2004 att först skulle jag avsluta min doktorsexamen från Australien, sedan skulle de anställa mig. Till och med Chalmers Tekniska Högskola som enhälligt erbjöd mig doktorandtjänst i år 2002, vägrade att ge liknande tjänst år 2004.

På grund av dessa outhärdliga påfrestningar bestämde jag mig att bege mig till Sydney Universitet Authority för omprövning. Jag sa till dem att de troligen gjorde dessa aktiviteter mot mig för att det var en del av deras uppgraderingsprocess. De borde ge mig en sista chans för att avsluta min doktorsexamen. Jag lade fram denna begäran till Jim, Tim och Geoff. Tim och Geoff råder mig att kontakta med Jim angående min doktorsexamen.

Den 23 juni 2004 gjorde jag följande förfrågan genom att skicka ett e-postmeddelande till Geoff:

"Dear Sir Geoff,

Thanks for ur reply. I'm sure that U will help me in getting PhD as my supervisor from the Department of Chemical Engineering, University of Sydney on the basis of my excellent performance and previous record as researcher. I'll be waiting to get the return ticket and new contact documentation from Tim/u so that I can reach Sydney as soon as possible to catch up with project in order to make quicker success under your supervision.

I have sent u and others an article (750 words) to submit in PhD students conference, Sydney. Please give me fed-back on that because last date for submission electronically is June 26, 2004.

I'll be looking forward to get ur letter and reply.

Have nice time!

Regards,
Your student, Shahid

My mailing address:
Mohammad Shahidul Islam
C/O Begum Shamsunnahar
999/1 Uttar Kafrul, Simultuli
Dhaka Cantonment, Dhaka - 1206

BANGLADESH

Phone: 0088 02 9870 451
E_mail: shahidul_islam@yahoo.com
        km01shmo@hotmail.com
----------------------------------"

Slutligen fick jag följande e-postmeddelande under rubriken "URGENT och slutlig korrespondens om Shahid Islam" från Jim daterad den 23 juni 2004:

"Dear Shahid
This will be my last correspondence with you on this issue. You have failed to grasp the fact that
1. YOu are no longer a student in Chemical Engineering at the University of Sydney.
2. Under no circumstances will you be allowed to re-register as a postgraduate in this Department, or the Engineering Faculty.
3. Your persistence in asking for reinstatement does not serve any positive purpose - indeed will simply evaporate any remaining goodwill which might still exist between yourself and the Department.
4. You are not invited to present any of your past work at the PG conference -that email was sent to you in error.
I have instructed all my colleagues, including Professors Barton and Langrish, to not answer any further correspondence from you.
I urge you to desist from pursuing this matter further.

Sincerely.
Jim Petrie
Professor and Head of Department
Dept of Chemical Engineering, J-01
University of Sydney
NSW 2006, Australia

tel: +61-2-93514115
fax:+61-2-93518266
mobile: +61-402-003039
email: petrie@chem.eng.usyd.edu.au"

Innan Jims sista e-post, fick jag också följande e-post från
Geoff på samma dag:

"Shahid,

Recently you have sent a succession of emails to the
Department and today a letter (addressed to me) arrived.
All have been concerned with your return to this
Department to complete your PhD. I am replying to these
both as your ex-supervisor and the present Acting Head of
Department.

The facts of the situation have been explained to you on
numerous occasions:

Your performance as a PhD student over a period of several
years was judged to be unsatisfactory by a wide range of
people with the result that you have been excluded from the
University of Sydney. This decision is final and will not be
changed. As such you will not be permitted to re-enrol in
this Department as a PhD student.

As all of us here have said to you on many occasions, you
have to accept this decision and get on with the rest of your
life. You are a young man with several university degrees
living in an emerging country - I am sure there are any
number of opportunities waiting for you. However, you
will never be able to find these opportunities if you keep
looking backwards. Doing research is clearly not your
strength – so look for areas that match your skills.

In conclusion, I have to say that there is no advantage to anyone in endlessly going over the same ground. This matter has to be treated as being at an end. I sincerely wish you every success in what lies ahead of you.

Regards,

Geoff Barton"

Efter dessa e-postmeddelanden avslutade jag äntligen mitt smärtsamma och misslyckade engagemang på Sydney Universitet en gång för alla. Och jag kontaktade inte längre dem när det gällde en fortsättning av min kandidatur. Pågrund av det de gjorde mot min goda kapacitet trots den ovänliga och ogynnsamma miljö som dem skapade.

Efter denna händelse, vad som hände i mitt personliga liv är förklarat i slutet av "Analog med internationellt säkerhetssystem för att trakassera människor även i utlandet" avsnittet.

Efter återhämtning från depression och sjukdom ansökte jag om ett antal öppna positioner. Men det var ett tre års gap mellan mig och Bangladeshs perspektiv. Om jag hade bott i Bangladesh under de senaste tre åren, skulle jag ha kunnat bekanta mig med modern arbetsmarknad. Pågrund av brist på detta och brist på tillräcklig information om relevanta öppna positioner, var jag tvungen att vänta i 11 månader för att få ett lämpligt jobb. Det första jobbet jag fick i Bangladesh var hos Bangladesh Council for Scientific and Industrial Research (BCSIR) som forskare i mars 2005. Det var ett mycket lågt betalt jobb i en autonom institution. På BCSIR arbetade jag från mars 2005 till januari 2007 under handledning av forskningsingenjör Sarker Kamruzzaman. Mitt projekt var "design och utveckling av en förbränningsanläggning i pilotskala för bortskaffande av hushållsavfall med användning av värmeåtervinningsteknik". Den första månaden av min tjänst, slutförde jag grundläggande teoretiska beräkningar inklusive procedur för att beräkna förbränningens flamma temperatur. På grundval av detta kunde jag fortsätta mitt arbete fram till januari 2007. Jag mådde inte bra under min tid i BCSIR. Eftersom det var betydande skillnad i kvalitet och kvantitet av forskning i BCSIR jämfört med vad jag gjorde i andra länder mellan år 2001-2004.

I slutet av år 2005, kunde jag hantera en kort tidskonsultverksamhet i BCL Associates Limited som junior miljökonsult. Min tid varade bara i 1,5 månad. Vid den tiden fick BCL en arbetsorder från Jomuna Multipurpose Bridge Authority (JMBA) (nu Bangladesh Bridge Authority). Enligt arbetsordern tillhandahöll BCL Associates Limited konsulttjänst till JMBA en plan för förvärvning av mark, återbosättningsplan och miljöledningsplan (EMP) för det föreslagna Padma Bridge-projektet. Jag arbetade på EMP under landledning av biträdande teamledare Dr. Nazim Auddin. Mitt huvudansvar var att hjälpa rekryterade analytiska tjänsteleverantörer att samla luft-, vatten- och markprov under korridor av påverkan (COI) i det föreslagna broprojektet. Leverantören av analytiska tjänster var avdelningen för kemiteknik vid Bangladesh University of Engineering and Technology. Vårt team stannade i 3 dagar på bron som flyger vid Mawa-punkten och tre dagar på landningsplatsen av bron vid Janjira-punkten. Det var som en 6 dagars picknick med mycket spänning bland teammedlemmarna. Jag är fortfarande stolt över för att vara en del av det historiska Padma Bridge-projektet i Bangladesh.

I januari 2007 fick jag ett nytt jobb i Jalalabad Gas Transmission and Distribution System Limited (JGTDSL) (ett företag av Petrobangla), Sylhet som assistentingenjör (kemi). Jag fick en andra plats av 200 sökande i examen av allmänna inträden. Men jag var tvungen att vänta i sex månader på det. Eftersom den första omgången rekryterades bara den första positionsinnehavaren. Efter sex månaders väntan fick jag ett intagningsbrev och började jobba där från och med den 17 januari 2007. Jag arbetade där från 01/17/2007 till 23/10/2007 på "gasförsörjning till Sylhet Combined Cycle Power Plant and Natural Gas Fertilizer (SCCPP & NGFF) Projekt ". Under detta projekt konstruerade vi en 8-inch diameter på 33 kilometer långa högtrycksledningar för naturgasöverföring. Det var två delar av projektet: upphandling av varor och upphandling av arbeten. I varje del fanns det flera aktiviteter som förberedelse av anbudsdokument enligt offentlig upphandlingsregel (PPR) 2005, anbudsannons i tidning, anbudsmottagning & öppning, anbudsutvärdering, tilldelning av arbetsordern till den framgångsrika anbudsgivaren och mottagande av arbetet enligt anbudsdokument. Efter upphandlingen av varor, slutade jag på företaget. Eftersom jag fick ett nytt jobb igen vid Institute of Mining, Mineralogy and Metallurgy (IMMM), Bangladesh Council for Scientific and Industrial Research (BCSIR) som Scientific Officer (kemi).

Jag stod som första plats bland mer än hundra sökande i den offentliga inträdesprövnings-examen för tjänsten. Så vår projektdirektör Dr. Md. Yunus Miah var nöjd med mig. Han överlämnade gärna min kandidatur till ministeriet för vetenskap, information och kommunikationsteknologi, Bangladeshs regering för godkännande. Ministeriet skickade tillbaka filen två gånger till BCSIR. Eftersom ministeriets oro förmodligen var skulle jag inte fortsätta jobbet på länge. Men varje gång Dr Yunus skickade tillbaka min fil till ministeriet med rekommendation till min fördel. Efter två omgångar med filöverföring godkände ministeriet äntligen min kandidatur som Scientific Officer (kemi). Efter detta utfärdade Dr. Yunus tett utnämningsbrev till mig och jag gick med i BCSIR igen den 23/10/2007.

På IMMM, BCSIR hade jag inte något anmärkningsvärt minne. Eftersom vid den tiden (2007-2008) var IMMM i etableringsfasen. Många upphandlingsarbeten pågick där. Trots detta försökte jag göra några grundläggande laboratoriearbeten för syntes av ädelmetall från strandsand som finns i Coxs basar i Bangladesh. Jag utvecklade kemisk lakningsmetod för att syntetisera Rutile från Ilmenite av strandsanden. Det fanns ingen lämplig laboratoriefacilitet för att genomföra ett sådant experiment i IMMM, Joypurhat. Så jag reste till BCSIR huvudkontor på Science Laboratory, Dhaka för att genomföra mitt första experiment. Dr. Yunus lät mig använda sin destillationsapparat för att genomföra en syralakning. Han ansåg inte att surtlakning skulle kunna skada hans dyra utrustning. Exakt det hände i mitten av mitt experiment. Som ett resultat sammanställdes jag för att återvända till IMMM, Joypurhat med mitt experiment halva gjort.

Jag försökte börja ett annat projekt på IMMM, Joypurhat i år 2008. Jag förberedde tre olika projektförslag för att använda kol som finns i Boropukuria Coal Mining i Dinajpur. Jag besökte kolgruvan i Dinajpur och samlade kolprov för IMMM, Joypurhat.

I januari 2008 försökte jag igen genom att lämna in en ansökan till utomeuropeiska universitet för att bedriva min doktorsexamen som jag inte kunde fullfölja i Australien i år 2004. Men australiensiska säkerhetspolisen övervakade fortfarande mig genom deras transnationella säkerhetssystem baserat på konstgjord intelligens. Men jag fick inte reda på det, förrän jag återvände tillbaka till Sverige år 2010. Vid den tiden avslöjade den svenska säkerhetspolisen mig oofficiellt om dessa trakasserier/mental tortyr av deras utsedda agenter när jag gick på gatan i Stockholm. Som en del av deras kontinuerliga mentala tortyr bad den australiska säkerhetspolisen till docent King King Lun Yeung att acceptera mig i ett av Hong Kong University of Science and Technologys (HKUST) doktorandprogram. Så efter att ha mottagit en av min e-postförfrågan, svarade Dr. Yeung att han hade ett projekt om "membran och relaterade processer för att separera kemikalier för hormonstörning från vatten och avloppsvatten". Detta var ett gemensamt doktorandprojekt mellan HKUST och University av Montpellier II, Frankrike, finansierat av Veolia Environment. Han skulle vara huvudhandledaren och Professor André Ayral, Dr, Anne Julby och Dr. Jean-Christophe Schrotter i Frankrike skulle vara biträdande handledare för det planerade doktorandprojektet. Dr. Yeung var den som föreslog att jag skulle ansöka till doktorandprojektet. Detta projekt tillhörde HKUSTs miljötekniska avdelning för byggteknik. I enlighet med Dr. Yeungs råd ansökte jag och accepterades med ett fullt stipendium. Beloppet för stipendiet var på 14 000 HKD/månad (1 550 USD/månad). Doktorandprogrammet hade avsikten att starta den 1 september 2008.

Den australiska säkerhetspolisen försökte genom sin utsedda agent i Bangladesh försöka hindra min andra resa till Sverige år 2008. De bad min svåger att avskräcka mig att resa till Sverige. När detta inte fungerade försökte han övertyga min far att påverka mig i detta fall. Min mamma var alltid i till min fördel i alla mina aktiviteter. Jag övertygade henne. Efter att ha fått hennes samtycke var det ingen hindring för mig att bege mig till Sverige år 2008.

Kort bosättning i Sverige år 2008

Den goda doktorandmöjligheten och födelsen av min son gjorde så att jag återvände jag till Stockholm den 14 juni 2008 efter att jag hade avslutat min vetenskapsledartjänst på IMMM, BSCSIR. Avsikten var att efter jag tillbringat tre månader i Stockholm, skulle jag resa tillbaka till Hong Kong för att fortsätta min doktorsexamen.

Jag gick igenom en mycket svår period under min vistelse i Stockholm under juni-augusti år 2008. Den australiska säkerhetspolisen försökte, genom den svenska säkerhetspolisen göra min tid obekväm. Den svenska säkerhetspolisen anställde sin agent och den lokala kyrkan för att skapa problem för mig. När detta hände fick jag en ogynnsam social miljö i mitt familjeliv.

Eftersom min tre månader gammal lilla son (Sajjad) bodde i Stockholm ville jag flytta fram min resa till Hong Kong. Jag skickade ett e-postmeddelande till Dr. Yeung och bad honom att skjuta upp min antagning på HKUST för nästa sex månader. Den 26 augusti i år 2008 fick jag följande svar från Dr. Yueng:

"Dear Mr. Islam,

Congraturation to the birth of your son! I had spent the day yesterday to discuss with the University Admission, Programme Director, School of Engineering and the French partners. It is possible for you to defer your admission until Feb of this year, but with the following consequences and rammifications:

[1] Your current Visa will expire and your nonarrival could affect the granting of the new one by the Government as the reason for the deferral is not considered to be clear and valid;

[2] There is also the problem of your scholarship which is current granted by the Programme and School of Engineering. The scholarship is contingent to your arrival and registration starting this Fall semester. Your late notification did not help and both offices are unhappy and would not give assurances to your scholarship even if your deferrment is approved by the administration;

[3] Candidate acceptance to the program during Spring Semester is rare and the Programmed Director expressed concern in this issue and is not clear whether she would approve the deferrment;

[4] My French partners expressed concern not only to the delay of the project, but also they mentioned that your age is close to upper age limit for eligibility for Joint PhD for the French side and any delay may jeopardize your participation in the program. We will not be able to start any paper work until you are registered to the program.

The best solution that we can find at this time is:

[1] Resolve your family problem within the time period of your Visa validity (i.e., 3 months from issuance date) and join the program.

The other solution offered by the University, School and Program is:

[2] Come to Hong Kong within the add-drop period (i.e., before Sept 15) or period of your Visa validity (i.e., 3 months from issuance date), whichever expire first, register and pay HK$ 16,000 to be considered officially in the program for the Fall semester. Take a leave of absence for the Fall semester. For this to work, it will require you to physically arrive in HK, register, pay and obtain a leave of

absence from the program. This will insure that you are eligible for the scholarship and we can start the paperwork for the joint PhD. We can arrange for you to start background research during this period.

Please reply with your decision before September 1 latest.

Dr. Yeung

Dr. King Lun Yeung
Associate Professor
Department of Chemical Engineering
the Hong Kong University of Science and Technology
Clear Water Bay, Kowloon, Hong Kong
Tel. No.: 852 2358 7123
Fax No.: 852 2358 0054
E-mail: kekyeung@ust.hk
http://ihome.ust.hk/~kyeung"

Efter att ha mottagit detta e-postmeddelande diskuterade jag denna fråga med min dåvarande vän i Sverige som jobbade med juridik. Han hette Joel Dahlin. Jag sökte också råd av min äldre syster och mamma i Bangladesh. Med tanke på den dåvarande situationen så gav alla dessa personer mig råd om att ta upp doktorandmöjligheten på HKUST.

Efter ett tag tog jag slutligen mitt beslut att resa till Hong Kong och starta doktorandprogrammet i miljöteknik vid HKUST. Jag köpte en biljett med Thai Airlines och lämnade Stockholm den 28 augusti 2008.

Livet i Hong Kong år 2008-2010

Jag nådde Hong Kong den 29 augusti 2008. Det fanns ingen formell mottagning på flygplatsen, eftersom allt styrdes av den australiska säkerhetspolisen. De hade fixat en HKUST-student som skulle visa mig vägen till HKUST. Studenten hjälpte mig att köpa och ladda OCTOPUS-kort för att kunna åka av kollektivt i Hong Kong (jag sparade kortet i mitt arkiv). Studenten gav mig också råd om att köpa ett lokalt SIM-kort för att kunna ringa nationella och internationella telefonsamtal. Han meddelade mig att han var utbytestudent i Danmark. Han verkade hjälpsam och han visade mig väg hela vägen till HKUST. När jag nådde HKUST svettades jag. Eftersom temperaturen vid den tiden i Hong Kong var över 30C. Det var för högt jämfört med den dåvarande Stockholmstemperaturen (10C). Med hjälp av några studenter gick jag direkt till studenthemmets kontor och samlade in lägenhetsnyckel och en kupong för att betala 15 dagars förskott för studenthemmet. Jag bokade ett rum med en säng i en trerumslägenhet i HKUST studenthem. Men jag var inte medveten om att man skulle betala 15 dagars förskottsavgift. Jag gick direkt till min studentlägenhet, och den australiska säkerhetspolisen hade bett en gammal student i lägenheten att skapa olika störningsmoment för mig. Studenten sa att han inte skulle tillåta mig att komma in på förrän jag hade betalat mina 15 dagars förskott. Mina ögon brändes pågrund av det saltvattnet som svetten bidrog till. Jag frågade ifall jag fick använda deras badrum för att tvätta mitt ansikte och mina ögon. Han sa okej. Efter detta gick studenten tillbaka till sitt rum för att få ytterligare instruktioner från det integrerade säkerhetssystemet som administreras av den australiska säkerhetspolisen. När jag kom tillbaka från badrummet sa eleven att jag fick använda mitt eget rum i studentlägenheten. Då kände jag mig avslappnad, efter många tuffa dagar.

Efter att ha kommit in i lägenheten tog jag en dusch och bestämde mig för att gå till den lokala marknaden för att köpa kudde, redskap och mat. På vägen genom HKUST hjälpte en annan student mig att komma in i ett köpcentrum. Denna student lärdes också av den australiska säkerhetspolisen att hjälpa mig. Det tog 15 minuter att gå till köpcentret med minibuss från HKUST campus. Efter att ha kommit till köpcentret åt jag min sena lunch. Sedan köpte jag en kudde och köksmaterial. När jag återvände tillbaka till HKUST campus var klockan nästan 22.00. Jag kände mig trött och somnade. Mitt rum hade luftkondition, så jag fick en sund sömn där under min första natt vid HKUST.

Jag vaknade sent nästa dag. Det var lördag. Jag åt min frukost på McDonalds belägen på HKUST campus. Sedan lämnade jag campus och åkte till Mong Kok. Den första studenten som jag träffade på flygplatsen igår, sa att jag skulle gå till Mong Kok för att köpa en mobiltelefon. Vägen till Mong Kok var 30 min med en minibuss från HKUST campus. Jag köpte en billig Nokia-mobil för HKD $ 400. Sedan köpte jag två separata SIM-kort. En för Hong Kong såväl som utomlands och ett annat för Bangladesh som rekommenderas av handlarna. Efter det åt jag middag på hotellet och återvände tillbaka till HKUST studenthem. Jag var väldigt trött, det är slitsamt att gå runt själv i en ny stad. Jag somnade direkt.

Jag vaknade sent på morgonen därpå. Det var söndag och var min sista lediga dag i Hong Kong. Jag påstår det eftersom de kommande 1 år och 5 månader var mycket stressande för mig. Detta pågrund av kontinuerlig stress som utövas på mig av Dr. Yeung i olika frågor. Som igår åt jag min frukost på McDonalds belägen på HKUST campus. Sedan åkte jag igen till Mong Kok som igår. Jag klippte håret på en hårsalong, men i salongen fanns det en som var anlitad av säkerhetspolisen i Hong Kong enligt instruktion av australisk säkerhetspolis. Det var en kvinnlig arbetare som försökte att skapa könsfrestelser. Jag uppmärksammade inte det. Jag klippte håret och lämnade salongen, gick och köpte en ryggsäck. Det var en bra väska och jag använde den under de kommande fyra åren. Den dagen promenerade jag i den trånga staden helt avslappnad. Efter att ha ätit middag på ett hotell återvände jag tillbaka till min plats HKUST-studenthem och somnade.

Dagen efter var det måndag och det var också min första tjänstgöringsdag ,den 1 september 2008 på HKUST som doktorand. På morgonen öppnade jag mitt e-postmeddelande från en students datorlaboratorium och hittade ett e-postmeddelande från Dr. Yeung. Han instruerade mig att fullfölja alla nödvändiga registreringsformaliteter först och sedan möta honom på sitt kontor. Jag tycke att detta var obehagligt, eftersom jag trodde att Dr. Yeung skulle hjälpa mig för att utföra nödvändiga registreringsformaliteter. Men jag bestämde mig för att gå direkt till hans kontor. Vid första blicken vi mötte så kommenterade han att "jag såg inte ut som den bild som jag skickade till honom" under min första korrespondens. I mitt CV hade jag en gammal bild som var tagen under min kandidatutbildning vid BUET år 1997. Hans första kommentar var konstig och ovänlig mot mig. Jag gissade att det skulle vara svårt för mig att arbeta under hans handledning de kommande fyra åren. Exakt det som som hände i augusti år 2009. Hans nästa fråga var om varför jag kom till honom innan jag hade utfört registreringsformaliteterna? Jag svarade honom att jag inte visste om vilka kurser jag skulle registrera och behövde hans hjälp med det. Han bad mig att kopiera läroplanskurser för EVN-programmet. Jag svarade honom att jag inte hade tillgång till skrivare. Det var därför jag inte kunde skriva ut det. Men han svarade mig att det var mitt ansvar att ha en tryckt läroplan innan jag sökte hans hjälp. Jag ville inte fortsätta diskussionen, så jag lämnade hans kontor. Sedan gick jag till programledaren Irene M.C. Los kontor och presenterade mig för henne. Jag meddelade henne att jag hade en nyfödd son i Sverige. Och att jag kom till Hong Kong från Sverige. Efter att ha lyssnat på min historia om min nyfödda son sympatiserade hon med mig och signerade mitt abonnemangsformulär för delbetaling. Sedan gick jag till antagningskontoret och blev antagen. Antagningskontoret gav mig HKUST student-ID efter utskrift. Sedan gick jag till HKUST-biblioteket och bad en bibliotekare om hjälp för att skriva ut EVN-läroplanen. Han hjälpte mig och jag kunde skriva ut läroplanen. Sedan besökte jag Dr. Yeungs kontor igen och informerade honom om att antagningsprocessen var klar. Sedan satta Dr. Yeung 5-kursers bördor på mig. Han sa att jag skulle registrera 5 kurser samt obligatoriska forskningskurser. Dessa fem kurser var: luftföroreningar och kontroll, vatten- och avloppsvattenteknik, miljökonsekvensbedömning, vätskedynamik och engelska. Den dagen kunde jag inte registrera mig för kurserna eftersom jag inte visste hur man skulle göra det.

Nästa dag, Torsdag; den 2 september 2008 gick jag till datalaboratoriet. Jag frågade en gammal student om hjälp för att registrera mig. Hon hjälpte mig men jag kunde inte slutföra registreringsprocessen. Eftersom alla kurskvoter fylldes vid den tiden. Sedan skickade jag e-post till alla kursinstruktörer och bad dem att registrera mig. Alla kursinstruktörer gick med på att registrera mig förutom kursen i enhelska engelska. Jag deltog i alla kursföreläsningar och efter två veckor blev jag registrerad på engelskakursen. Om jag hade fått hjälp ifrån början, så hade det här aldrig hänt.

Det var svårt för mig att ha så många kurser samtidigt. Eftersom det var 6 år sedan jag läste min senasre kursen som jag deltog på vid Chalmers år 2002. Men efter ett tag kunde jag följa alla kursföreläsningar. Jag träffade en lokal student i miljökonsekvensbeskrivning-kursen. Hon var en gammal student och hennes namn var Kennie Siu. Den australiska säkerhetspolisen instruerade säkerhetspolisen i Hong Kong att Kennie Siu skulle springa efter mig. Först verkade Kennie Siu mycket hjälpsam. Hon brukade hjälpa mig för att genomföra kursuppgifter genom att ge mig gamla klassanteckningar och jag hjälpte också Kennie i hennes studier under höstterminen år 2008. Men som den australiska/Hongkongs säkerhetspolisen introducerade Kennie med sin pojkvän, Eggy. Eggy försökte spränga min religiösa identitet. Jag följde inte honom och undvek att äta disputerad mat. På grund av denna anledning, instruerade den australiska/Hong kongs säkerhetspolisen att den lokala kyrkan skulle förstöra min doktorandstudie vid HKUST. I mitten av den första terminen sa Dr. Yeung bad mig att inleda antagningsprocessen vid University of Montpellier II, Frankrike. Dr. Annc hjälpte mig att fylla i blankettsformulär som var på franska språk. Mark Hoffking från HKUST hjälpte mig lite med den franska översättningen. Min ansökan till University of Montpellier II godkändes som en gemensam doktorand men Dr. Anne berättade inte detta för mig. Detta gjorde hon för att svaga mitt moraliska förtroende. Faktum är att de alltid försöker demoralisera människor med olika religiös identitet.

Deras religiösa fälla av Kennie Siu fungerade inte på mig. För att fortsätta skapa mental tortyr på mig rekryterade de (australiensiska säkerhetspolisen) Angelique Blondy. Angelique var i forskargruppen under november 2008 som en internationell volontär. Hon fick lära sig av agenten för den australiska säkerhetspolisen i Hong Kong att skapa könstortyr om se om min religiösa identitet fortfarande bevarades.

I den första introduktionen på Dr. Yeungs kontor frågade Angelique till mig om mitt namn var Islam. Jag svarade ja och berättade också till henne att mitt smeknamn var Shahid. Sedan erbjöd jag henne lunch. Hon sa ja. Jag tog henne till studentcafeterian och frågade vilken mat hon vill ha, hon svarade fläsk. Jag köpte det till henne och jag åt fiskcurry. Hon frågade om min mat var god. Jag sa ja, och frågade henne om hon skulle vilja smaka en bit fisk av mig mig. Hon gjorde det och hon förväntade sig att jag skulle ta en bit kött från hennes tallrik. Men det gjorde jag inte. Sedan sa hon att hon var tvungrn att göå för hon skulle byta boende den dagen. Jag frågade henne om hon hade någon som hjälpte henne att flytta sina ägodelar. Hon svarade ja men innan hon lämnade HKUST campus, kollade hon på mig som om jag skulle följa efter henne. Jag gjorde inte det, och därför var hon inte så glad på mig.

Nästa vecka visade jag Angelique hur man gör experiment med en gasgenomträngning. Trots att den experimentella uppsättningen ändrades avsiktligt av Dr. Yeung så fungerde saker fortfarande. Angelique blev upphetsad, hon tog bort hårbandet och rusade till badrummet med avsikten att jag skulle följa efter henne. Jag gjorde inte det. Sedan började en annan gammal student i labbet, Andy Wang och ropade på mig och sa att jag var ifrån annan kultur. Han sa så gång på gång. Förmodligen var dessa alla partiska och undervisade aktiviteter som kyrkans persoal. Den kyrkliga personalen utsågs till agenter av säkerhetspolisen i det berörda landet. Denna gång var landet Hong Kong. Efter att ha återvänt till labbet började Angelique att skrika, detta för att experiment var för svårt för mig. Hon sa att jag skulle inte kunna arbeta med ett så svårt projekt. Jag svarade henne lugnt att projektet inte var för svårt för mig. Men hon var inte nöjd med mitt svar. Vanligtvis gör de denna typ av aktivitet mot elever som har olika religiös identitet. Avsikten är att skada ens religiösa identitet. De som faller i deras fälla förlorar sin religiösa identitet. De som inte gör det, möter hård tid och drabbas av deras religiösa könsterapi. Som planerat kom Dr. Yeung till laboratoriet nästa dag för att undersöka vårt experiment. Han ändrade den experimentella inställningen tidigare. Så han räknade ut ett fel. Ingen permeat kom ut genom membranet. Istället analyserade vi retantatgas. Så, Dr. Yeung korsade ut vår inspelade rådata i Angelique's anteckningsbok. Angelique var nöjd med detta eftersom hon trodde att jag hade gjordt fel experiment och att hon inte skulle behöva delta i religiös könsaktivitet med mig.

Efter denna händelse var Angeliques beteende ovänligt mot mig. Hon hade en ovänlig attityd mot mig. Vid den tiden förstod jag inte att alla dessa aktiviteter var partiska aktiviteter. Dessa aktiviteter lärdes ut av kyrkans personal och dessa var utsedda av den Australienska och Hong Kongs säkerhetspolis. Jag och Angelique brukade delta i veckovisa granskningsmöten hos Dr. Yeung varje måndagsmorgon. Hon brukade åka till Dr. Yeungs kontor hela vägen från vårt labb med mig. Under denna tid var hennes inställning mot mig, normal.

2/3 veckor efter Angelicies ankomst, började mina kurs prover i teori. Jag var upptagen med det. För om jag inte kunde klara kurserna med det lägsta kumulativa genomsnittliga betyget (CGPA), skulle jag inte kunna fortsätta på doktorandprogrammet vid HKUST. Men jag klarade alla kurser i den publik tentamen med behöriga CGPA. Så jag fick fortsätta med mitt doktorandprogram vid HKUST. Jag var nöjd med detta trots den ohållbara miljön.

Efter att ha fått en godkänd kursexamen var jag mer avslappnad. Jag bjöd in Angelique, Andy och några av mina klasskompisar på engelskakursen till en middag i mitt studenthem. Det vara bara Rencheng Wang (Lans), Angelique, Andy, en av mina kinesiska studentvänner och Madison som kom. Jag brukade skoja med Lans. Jag meddelade 2008 i min MSN messenger med rubriken att "Lans letar efter en flickvän".. Jag lagade mat till dem: Bangladeshisk hoch-poch (khichuri), nudlar, rooti porata och french toast. Jag köpte tandoorikyckling och blandade grönsaksrätter från en indisk restaurang. Jag hade också läsk och alkohol till dom.

Gäster började komma runt kl 17.00. Först kom Lans och Madison. Den kinesiska kamraten var där från början. Sedan kom Angelique med Andy Wang omkring kl 17:15. Efter att ha kommit in i lägenheten ville Angelique använda vårt badrum. Jag visade henne det. Hon förväntade mig att jag också skulle följa henne och skulle delta i deras kulturella/religiösa aktiviteter. Jag gjorde inte det. Så efter att ha återvänt från badrummet var hon inte så glad. Jag förväntade mig att hon skulle hjälpa mig med att duka opp den mat jag hade lagat. Men hon gjorde inte det.Efter att ha sett gul färgad hoch-poch, reagerade Angelique om jag hade haft färg i maten. Jag visade hennes linser och gulfärgad gurkmeja som användes för matlagning av hoch-poch, då blev hon lugn. Efter middagen ville jag visa Angelique och Andy mitt rum. Angelique svarade inte men Andy gick in i mitt rum. Andy var glad över att se mitt rum. Vi pratade en stund tillsammans. Sedan skickade Angelique ett meddelande till den kyrkliga personalen. Troligen försökte hon få ett godkännande för något hon skulle göra. Sedan fick hon ett SMS och ville gå in i mitt rum för att ta ett telefonsamtal. Jag gick ut ur mitt rum och lät Angelique komma in. Efter att ha avslutat sitt telefonsamtal kom hon tillbaka till oss andra igen. Då var klockan nästan 22.00. Alla gäster ville lämna vår lägenhet genom att tacka till mig och min kinesiska kamrat för vår gästfrihet. Angelique agerade att jag skulle göra en vänlig gest till henne. Hon upprepade det två gånger. Men jag reagerade inte på någon av dessa. Så hon lämnade vår lägenhet med på dåligt humör.

Efter detta var Angeliques attityd inte så samarbetsvillig mot mig. Jag antar att allt hon gjorde mot mig under 2008– 2009 lärdes ut av kyrkans personal på uppdrag av säkerhetspolisen av Hong Kong. Jag tror inte att det här var hennes naturliga aktiviteter.

Ett exempel jag kan komma ihåg: Hon ville inte förstöra min doktorsexamen. Så hon rådde mig i början att jag skulle vara försiktig när jag brukade gå till Dr. Yeungs kontor för veckogranskningsmötet. Men Dr. Yeung använde henne i gärning 2009 för att förstöra min nästan avklarade doktorsexamen vid HKUST.

Under den andra terminen vid HKUST, rådde Dr. Yeung mig att inte ta något kursarbete. Jag behövde bara genomföra ett kursarbete för att slutföra alla kurskrav för mitt doktorandprogram i EVN på HKUST. Förra terminen var jag en ny vid HKUST. Trots det, Dr. Yeung lade fem 05 kursbördor på mig. Jag behövde också utföra mitt forskningsarbete. Men nästa termin var ingenting jämfört med den första. Så jag bad Dr. Yeung att låta mig registrera till den sista återstående kursen. Dr. Yeung svarade att alla kvoter för registrering för min önskade kurs var slutförda. Det var kurs i vattenkemi och instruktör var en måttlig kinesisk lektor vid namnXiangru ZHANG. Av denna anledning och på grund av Dr. Yeungs hemliga veto i HKUST-systemet, kunde jag inte registrera mig för den kurs som Xiangru ZHANG hade. Utan att förstå den verkliga situationen gjorde jag ett misstag. Jag var nyfiken på att registrera mig för alla tillgängliga kurser för att slutföra mitt kursarbete. Dr. Yeung såg det som ett vapen för att skada min doktorandstudie. Sedan föreslår jag en annan kurs till Dr. Yeung för registrering. Det var mätning av luftförorenande kurs och läraren var Chak Cheng Keung. Chak var biträdande chef för avdelningen för kemisk och biologisk teknik (CBME) vid HKUST. Dr. Yeung instruerade Chak att göra någon typ av tvist till mig så att han kan förstöra min doktorsexamen. Men jag var inte medveten om detta. Så jag registrerade mig för kursen, ovetandes om deras plan.

Under denna tid hände en annan incident. Den australiska säkerhetspolisen skickade professor Brian Hynes och Dr. David Fletcher till HKUST. Troligen var deras uppdrag att motivera mig i viss utsträckning att återvända till Sydney Universitet. Men de kom till HKUST för en konferens och ett arbetssemenarium. Jag blev inte officiellt inbjuden på konferensen eller på arbetssemenariet. Men en av Dr. Yeungs studenter, Brian berättade för mig att i morgon skulle konferensen invigas och att jag borde stryka min klänning och polera mina gamla skor och delta på konferensen. Jag visste inte heller om professor Brian och Fletcher. På morgonen satt jag vid konferensutskottets välkomstdisk. Efter ett tag dök professor Brian upp. Jag blev förvånad. Jag ville inte möta honom. Så jag gömde mig. Sedan deltog jag på Brian's presentation. Han pratade om mikroreaktorn. Jag ställde ingen fråga till honom och var tyst. Ett postdoktorandforskare från Kina ställde några frågor till honom.

Efter två dagar var Dr. Yeung värd för en lunch till heder av professor Brian Haynes. Jag tänkte undvika middagen. Men Dr. Yeung skickade ett meddelande från middagsbordet för att jag skulle delta i middagen. Han gjorde detta genom sin student, Michael. Då deltog jag men kände mig inte bekväm runt Brian. Men efter middagen lämnade jag snabbt restaurangen för att undvika en konfrontation. Efter att ha kommit ut från restaurangen väntade jag utanför och såg att Brian sa något till Dr. Yeung innan hans gick iväg.

Efter detta gjorde den australiska säkerhetspolisen en annan sak. De skickade Lilla Rawlings till Hong Kong. Jag var inte beredd på detta. En klasskamrat i min engelska kurs skulle motivera mig. Hon berättade för mig att jag borde åka till Lantao Island nästa dag. Enligt hennes råd åkte jag dit och köpte en biljett för 90 minuters linbana. När jag gick till den sista punkten på resan gick jag av linbanan. Jag såg Lilla Rawlings stå där och hon var omgiven av sina vänner. Hon berättade att vad jag borde tänka på för att få en partner. Eftersom jag inte var beredd på detta försökte jag att inte prata med henne. Jag var lugn och tog inbanan igen till respunkten. I linbanan var troligen en syster till Lilla närvarande. Kvinnan pratade med någon och uttalade att hennes syster fick en förare.

När jag nådde till Lantao Islands resepunkt såg jag alla kvinnliga studenter som var känslomässiga (antingen naturliga eller partiska) till mig vid HKUST. Dessa studenter gick förbi mig med sina pojkvänner precis som rampodeller på en catwalk. Men jag uppmärksammade inte detta och återvände tillbaka till mitt studenthem den kvällen. När jag kom tillbaka till MTR, såg jag en agent berätta för ett barn att jag kommer från en annan kultur. Då kunde jag räkna ut att det alla var lärda av säkerhetspolisen.

Efter denna incident fattade Dr. Yeung sitt slutliga beslut att skada min doktorsexamen. Den här gången gjorde jag ett misstag. Jag var så överbelastad med mitt forskningsarbete att jag hade lite tid att spendera på Chaks kurs (mätning av luftföroreningar). Dr. Yeung lät Geoffrey

Cheng vara vänlig mots mig. Jag tog Geoffreys hjälp med att slutföra Chaks läxor. De spårade detta genom säkerhetspolisens onlineövervakningssystem. En dag kallade Chak både mig och Geoffrey till ett möte om vpra hemarbeten. Han frågade oss varför våra två uppdrag liknade. Utan förhandlingar erkände jag att det var mitt fel. Jag var överbelastad av mitt forskningsarbete och hade inte tid att arbeta med hemarbetet. Så jag tog hjälp från Geoffrey's uppdrag. Jag ursäktade honom för misstaget. Chak berättade ingenting till Geoffrey. Han sa till mig att jag måste slutföra hemarbetet själv. Han kommer att tilldela noll (0) -markering för den slutförda uppgiften. Jag gick med på hans åtgärd eftersom det var mitt fel. Sedan rådde han oss att informera denna händelse till vår handledare Dr. Yeung. Faktum är att Dr. Yeung spelade rulle bakom kameran med Chaks aktiviteter. Jag återvände till mitt labbkontor och slutförde mitt hemarbete och skickade det till Chak. Men det är för dumt att informera detta till Dr. Yeung eftersom händelsen var över efter att jag har deponerat mitt uppdrag. Men efter två dagar skickade Chak ett e-postmeddelande till Dr, Yeung och skyllde på mig. Han kopierade också e-postmeddelandet till mig och Geoffrey. Efter att ha fått Chaks e-post ringde Dr. Yeung oss båda omedelbart. Vi båda dök upp före Dr. Yeung. Jag bad om ursäkt till Dr. Yeung för händelsen. Dr. Yeung sympatiserade med mig och skickade ett e-postmeddelande till avdelningschefen och krita. Han berättade för dem att vi bad om ursäkt för händelsen och de borde inte vidta några åtgärder i detta ärende. Faktum är att Dr. Yeung tog detta som ett vapen för att spränga min nästan färdiga doktorsexamen. Troligen registrerade Dr. Yeung denna händelse under rubriken "kränkning av akademisk integritet" i sitt forskningshanteringssystem av HKUST.

Efter dessa olyckliga incidenter, försökte både Dr. Yeung och professor Andre Ayral påpeka anledninger för att ta bort mig från det gemensamma doktorandprogrammet. Detta var tydligt av deras inställning till mig efteråt. Angelique blev väldigt arrogant på mig. Hon började med sin könsterapi till mig. Hon begränsade inte bara det till sig själv utan engagerade också Andy Wang för att skapa ett mentalt tryck på mig. Andy började kritisera mig på grund av Angelices könsterapi. En av sådana incidenter var mycket chokerande för mig. Så jag skickade ett e-postmeddelande till Dr. Yeung och bad honom att dra tillbaka Angelique från labbet och placera henne i labbet på övervåningen. Där skulle hon känna sig lycklig. Eftersom hon hade god förståelse med Michael, Louise, Han Wei, Brian etc. De sitter alla i labbet på övervåningen. Efter denna händelse drog Dr. Yeung, Angelique från mitt labb och placerade henne i labbet på övervåningen. Angelique blev väldigt arg på mig. Hon gick troligen då med på att hjälpa Dr. Yeung att ta bort mig från det gemensamma doktorandprogrammet. På den tiden kunde jag inte bekräfta att dessa personer var undervisade av kyrkans personneal enligt instruktioner av säkerhetspolisen.

Men under den tiden var min andra termin avslutad. På grundval av mina forskningsresultat och kursarbeten, godkände Dr. Yeung min framstegsrapport och då trodde jag att det inte skulle vara några problem för mig att fortsätta med min doktorsexamen den här gången.

Efter detta tilldelade Chak lägsta betyg "B-" till mig i min kurs. Syftet var att skada min doktorsexamen. Detta tappade min CGPA till "B-". Jag hade en annan kurs med Dr. Yeung vid den tiden. Jag granskade kursen, och gjorde alla aktiviteter som en vanlig student. Min totala prestanda var bra på den kursen. Kursnamnet var Nano Technology och jag fick "A-" i det. Men eftersom jag bara granskade den kursen kunde det inte påverka min CGPA. För detta bad antagningskontoret mig att gå vidare kurs under nästa termin för att höja min CGPA till B.

Alla dessa händelser var perspektivet att ta bort mig från det gemensamma doktorand-programmet mellan Hong Kong University of Science and Technology och University of Montpellier II, Frankrike.

Efter detta åkte Dr. Yeung till Lyon stad av Frankrike för att delta i en Membran konferens. Under den tiden åkte Angelique också till Frankrike eftersom hon hade familjeproblem. I Frankrike fixade den australiska säkerhetspolisen en tysk professor för att motsätta mig om mitt arbete. Som ett resultat av det presenterade Dr. Yeung presenterade mitt arbete på konferensen, och den tyska professorn motsatte sig mitt arbete kritiskt. Troligen kunde Dr. Yeung inte besvara på den tyska professorns frågor. Men Dr. Yeung kunde förstå att University of Montpellier II, Frankrike inte skulle tillåta mig att delta i det gemensamma doktorand programmet. Efter att ha återvänt till Hong Kong verkade Dr. Yeung väldigt trött på grund av detta. Han kunde ha delat den verkliga situationen med mig, och då hade jag självklart avgått från doktorandprogrammet mig själv i så fall. Men istället för detta, försökte Dr. Yeung med all kraft han hade sparka mig från det gemensamma doktorandprogrammet.

När Angelique kom tillbaka ifrån Frankrike besökte jag hennes labb en gång om dagen. Jag gjorde det eftersom hon just återvände efter att ha haft familjeproblem. Men hon var förmodligen inte nöjd med detta. Trots min generositet såg hon en chans för att skapa problem på mig. Fredagen den första veckan i augusti 2009 föll jag i hennes fälla. Hon rusade till badrummet och frestade mig. Jag svarade och följde efter henne. Men jag svarade på naturlig koll separat utan att störa henne. Jag lämnade badrummet och

Angelique såg mig nära handfatet. Trots att hon var mycket bekant med en sådan händelse, svarade hon förvånat. Hon frågade vad jag gjorde där. Jag sa känslomässigt henne att jag hade ett mjukt hörn i mitt hjärta för henne. Sedan lämnade vi båda platsen. Och dagen gick lugnt. På kvällen engagerade kyrkans personal henne igen för att skapa ett mentalt tryck på mig. Hon kom till mitt laboratorium med en kinesisk student och sa att vi började första gången osv. Jag gjorde inte uppmärksam på det. Efter jobbet lämnade jag mitt laboratoriekontor lugnt.

På söndagen veckan efter skickade Dr. Yeung ett e-postmeddelande och frågade vad jag gjorde på kvinntoalett vid HKUST? Jag svarade inte på hans e-post eftersom jag tyckte att det här var för dumt att besvara. Nästa dag, måndag, hade vi ett allmänt granskningsmöte. Jag såg inte Angelique den morgonen. Dr. Yeung ringde mig och rådde mig att komma till granskningsmötet klockan 12:00 istället för 09:00. Jag åkte dit i tid. Dr. Yeung riktade mig till ett mötesrum. Deras kom också CMBE-avdelningschef och EVN-avdelningschef. Dr. Yeung kom med en kopia av e-post som Angelique skickade till honom. Angelique kopierade också sin e-post till den franska ambassaden i Hong Kong, Bangladesh ambassad i Hong Kong osv. Från detta räknade jag ut att detta inte var hennes villiga aktivitet. Dessa var lärde aktiviteter i stället av de kyrkans personneller på uppdrag av säkerhetspolisen. Dr. Yeung började läsa Angelique's e-post. Där Angelique skrev att hon såg mig på kvinntoalett vid HKUST. Då frågade avdelningschafen på CMBE mig varför jag gick in på kvinnotoaletten? Jag svarade honom att jag gick på toaletten på grund av att reagera på koll från naturen. Jag tilllade också att jag inte visste att det var kvinntoalett. Eftersom jag studerade på Chalmers i Sverige. På Chalmers var alla vanliga toaletter som användes av både män och kvinnor. Det fanns ingen separat toalett tillägnad en separat könsklass. Då ville CBME avdelningschefen veta vad som var skillnaden mellan man och kvinntoalett? Jag kunde inte skilja. Han svarade att det inte fanns någon urinator på kvinntoaletten. Jag svarade hatt jag hade bråttom den dagen så att jag uppmärksammade inte toalettens faciliteter. EVN avdelningschef Irene M.C. Lo ville veta att om jag blev förvånad över att se en kvinna (Angelique) på toaletten. Jag svarade henne nej. Båda var nöjda med mitt svar och de beslutade att inte straffa mig. Då ville Dr. Yeung att jag skulle lämna rummet. Jag tackade både CBMEs och EVNs avdelingschefer men gjorde inte samma sak mot Dr. Yeung. Sedan lämnade jag mötesrummet. Eftersom jag bara tackade CBME och EVN avdelingschefer, blev Dr. Yeung väldigt arg på mig. Jag arbetade hela tisdagen i mitt labb utan hinder. Angelique försökte hindra mitt membranaktiveringsexperiment med en yngre student. Men jag jobbade på mitt arbete självständigt i labbet.

Onsdagen den 12/08 2009 fick jag ett e-postmeddelande från Dr. Yeung. Där skrev han, "Jag kommer inte att handleda dig i dina doktorandstudier vid HKUST. Mitt beslut tas på grund av din otillfredsställande prestanda osv..." Jag blev chockad av hans aktivitet. Jag trodde att han bara försökte hota mig. Han instruerade mig att ta bort alla mina tillhörigheter från labbet den dagen. Han skrev också att han inte hade tid att träffa mig före måndagen veckan efter. Efter att ha fått hans e-post gick jag till reparationscenter av laptopdatorer för att reparera min laptop. Det tog ett tag. Omedvetet glömde jag att ta min mobiltelefon med mig. Efter att ha återvänt till min student hem, såg jag att Dr. Yeungs post doc forskare Michael ringde min mobil 6/7 gånger. Sen gick jag till mitt labb för sista gången. Jag såg att labbkamraterna redan rensade mitt skrivbord genom att ta bort alla mina tillhörigheter. Jag vägrade ta något från labbet utom min labbok. Men Dr. Yeungs post doc forskare, Han Wei hindrade mig att ta min labbbok. Han berättade för mig att laboratorieboken var Dr. Yeungs egendom. Han nämnde också att om jag önskade, jag kunde göra en kopia av min labbok senare. Sedan lämnade jag labbet för evigt.

Dr. Yeung kopierade ovannämnda mail den 12-08-2009 till alla mina medhandledare, administration och dekanen av teknik akultet. Den taekniska dekanen ringde mig för att be mig kontakta honom nästa dag. Jag fick också ett telefonsamtal från andra rådgivarkontor som hanterar omtvistade frågor. Nästa dag var torsdag och jag träffade teknikdekanen. Han frågade mig hur förhållandet mellan mig och Dr. Yeung var? Jag svarade honom bra. Jag gjorde mitt arbete och följde hans råd som var relaterade till min forskning. Sedan frågade han mig vad som hände mellan mig och Angelique. Jag svarade honom att ingenting hände mellan mig och Angelique. Jag tilllade också honom att det var en missuppfattning av Dr. Yeung i denna fråga. Därefter rådde teknikdekanen mig att hitta en ny handledare för att fortsätta min doktorandstudie så snart som möjligt.

Som nämnts ovan trodde jag att Dr. Yeung gjorde detta bara för att hota mig. Så jag följde hans råd och åkte till hans kontor på måndag nästa vecka. Dr. Yeung berättade för mig att han inte hade tid att prata med mig förrän på måndag nästa vecka igen. Jag tog en sammanfattning av mitt forskningsarbete till honom. Han rådde mig att göra en kopia av det och lade det till CBME-avdelningskontoret för hans samling. Jag träffade jag honom igen måndagen veckan efter. Den här gången berättade Dr. Yeung för mig att han inte fortfarande var min handledare. Jag bad honom känslomässigt att inte skada mina doktorandstudier eftersom det skulle vara en oåterkallelig förlust för min karriär. Han sa till mig att ett års förlust är inte någon betydande förlust. Han ville inte fortsätta prata med mig.

Jag lämnade hans kontor med ett trasigt hjärta tillsammans med ett annat doktorandmisslyckande i mitt dolda CV. Men den här gången var det en fullständigt orsakad skada på min karriär utan någon giltig anledning. Den här gången var jag stark och blev inte skadad som jag blev för den australiska fallen. Detta var slutet av min tid med Dr. Yeung vid HKUST.

Teknisk dekan av HKUST rådde mig att söka efter en ny doktorandshandledare. Därför kontaktade jag med professor Ping Gao och professor Chii Shang. Båda godkände initialt att handleda min doktorandsstudie. Men när de konsulterade med Dr. Yeung om mig, fick de negativ rekommendation. Dr, Yeung berättade för dem att det fanns fråga om akademisk integritet. Så slutligen var både professor Ping Gao och professor Chii Shang inte överens om att handleda min doktorandsstudie vid HKUST. Sedan kontaktade jag professor G.H. Chen. G.H. Chen tog ett plötsligt möte med mig. Under mötet frågade han mig om vad som hände med Dr. Yeung. Jag informerade honom om att det inte fanns någon annan giltig anledning än hans personliga problem. När jag lämnade G.H. Chen, jag såg en australisk präst i Hong Kong-kyrkan och besökte honom. Från detta förstod jag att Dr. Yeung skickade prästen till G.H. Chen för att hålla honom bort från att ta mig som doktorandsstuden. Efter denna incident försökte jag inte att hitta en ny handledare vid HKUST.

Sedan var det den första veckan i september 2009 och det var den sista möjligheten för mig att betala undervisningsavgift för min tredje termin vid HKUST. Jag hade bara HKD $ 11 000 påmitt Hang Seng-bankkonto. Jag behövde ytterligare HKD $ 11 000. Jag använde ett kreditkort för att dra HKD $ 5 000. Jag bad en kinesisk studentshems kamrat att låna mig HKD $ 6 000. Troligen gav kyrkans personal i Hong Kong en instruktion till

Angelique att ge HKD $ 6 000 dollar till den nämnda kinesiska studentshem kamraten. Så att han kunde låna ut mig efteråt. På grund av detta gick den kinesiska studentshem kamrat omedelbart med på att låna ut mig HKD $ 6 000. Han frågade mig när jag behövde pengarna. Jag svarade honom att, om möjligt inom den dagen. Sedan kom den kinesiska studentshem kamrat och gav mig HKD $ 6 000. Sedan betalade jag min semesteravgift den kvällen och slutförde min registrering för tredje termin. Under den tredje terminen tog jag två kurser: Processdesign för miljöteknikanläggningar och avancerad miljökemi. Trots att jag behövde en kurs men jag tog två för att behålla säkerhetsfaktorn. Jag gjorde det på grund av lektionen jag lärde mig från föregående termin genom att felaktigt ta Chak Cheng Keungs kurs.

Efter min registrering fick jag plötsligt ett meddelande från EVN-programkontoret att jag fick 50% stipendium under de kommande fyra (04) månaderna under tredje termin. De rådde mig att genomföra kursarbetsstudier för att driva upp CGPA till B. De rådde mig också att hitta en ny doktorandshandledare under denna tid. Det var lite lättnad efter ett enormt tryck skapat av Dr. Yeung under de senaste veckorna.

G.H. Chen var kursinstruktör i processdesign för miljöteknik faciliteter. I den här klassen träffade jag Debby och Chris. Debby var kinesisk och Chris var kantonesisk. De verkade hjälpsamma precis som Kennie Siu under den första terminen. Jag brukade skoja med dom genom att sätta en rubrik som ”flexibel policy till Debby och Chris bara för att tillfredsställa G.H. Chen”. Jag hjälpte Chris för att klara processdesign för miljöteknikanläggningar genom att ge henne min slutliga designrapport. Jag fick ”A-” beyg i denna kurs.

I kursen tillämpad miljökemi, träffade jag en kantonesisk student, hans namn var Angus Chan. Jag tog honom som min projektpartner på kursen. Han bjöd in mig på middag i sin lägenhet. Jag brukade skoja genom att säga "Flexibilitet på Angus med kvinnor - nyckeln till framgång i Hong Kong!". Denna kursinstruktör var docent Jianzhen YU. Kyrkans personal berättade för henne att tilldela mig dåliga betyg. Men det gjorde hon inte. Betyget B på den här kursen.

När jag gick igenom ovannämnda två kurser skrev jag också till unika forskningsartiklar: (1) ENDOCRINE DISRUPTION CHEMICALS (EDCs) DEGRADATION IN AN ADVANCED OZNONE MEMBRANE REACTOR – Experimental & modeling study and (2) Optimization of factors effecting ozonolysis of Endocrine Disruption Chemicals (EDCs) studied by sparger influence to minimize ozone consumption.

Den 13 januari, 2010 fick jag ett brev undertecknat av en avdelningschef för civilingenjör. EVN avdelningschefen, Mo Cheung vägrade att skicka mig detta brev. I brevet uppgavs att jag uppfyllde krav på kursarbete men inte lyckades få en doktorandhandledare. Så jag måste ta ledighet från doktorand-programmet för miljöteknik på en period av tre (03) månader. Med förbehåll för att få en handledare kan jag återuppta programmet efter denna ledighet. Sedan fick jag ett brev från studenthemmet som sa att eftersom jag tog en ledighet från programmet måste jag lämna HKUST studenthem senast den 31 januari. Sedan bestämde jag mig för att lämna Hong Kong och återvände tillbaka till Sverige. Jag tog också detta beslut för min 1 år och 10 månader gamla son i Stockholm. Ingenjörskontoret köpte min flygbiljett till Stockholm. Trots att mitt flyg skulle förvänta sig att avgå från Honk Kong klockan 00:05, berättade madam Margaret Chu från Tekniska kontoret muntligt att min avgångstid skulle vara 05:05. Jag tittade inte på min resplan och trodde på fru Chu. Under den fjärde veckan i januari 2010 lånade jag HKD $ 4 000 dollar från min tidigare kinesiska studentshem kamrat. Eftersom jag inte hade pengar att resa till Stockholm vid den tiden. Jag antar att, kyrkans personal bad Angelique att bidra till dessa HKD $ 4 000.

I den 29 januari 2010 (fredag) var min sista dag i Hong Kong. Jag avslutade att skriva avslutningsavsnittet i min sista artikel på HKUST med titeln "Optimization of factors effecting ozonolysis of Endocrine Disruption Chemicals (EDCs) studied by sparger influence to minimize ozone consumption" på morgonen. Klockan 10:00 lämnade jag mitt studenthem för att köpa ngra nödvändiga ägodelar. Innan jag lämnade studentthemmet, skickade jag ovanstående manuskript till Dr. King Lun Yeung, Anne Julby, Andre Ayral, J. C. Schrotter, Mo Cheung, Gordon McKay, administratör för teknik, Vincent Cheung och Angelique Blondy. Jag tackade alla för deras vänliga hjälp under min tid på HKUST. Jag informerade också om att jag ska lämna Hong Kong den kvällen. Sedan åkte jag till en marknad och ringde Debby. Jag sa till Debby att jag ska lämna Hong Kong den dagen. Hon svarade mig att hon komma och säga hejdå. Innan hon kom köpte jag en handväska till henne från H&M. När hon kom gav jag handväskan till henne. Hon var nöjd med detta. Innan hon kom köpte jag också ett handbagage, en vinterjacka. två leggings, en svit för min son för min avsedda resa till Stockholm. Eftersom jag visste att det snöade i Stockholm på den tiden. Jag frågade Debby om hon vill äta något. Hon svarade nudlar. Jag gick till en matplats med henne. Men hon kunde inte välja sina nudlar från restaurangen. Istället valde hon sushi. Jag köpte soppnudlar till mig. Debby frestade mig att jag skulle ägna mig åt kulturaktiviteter innan hon åt sushi. Men jag svarade inte på det. Så, hon åt inte sushi heller. Efter det ringde hennes pojkvän till henne. Sen gick hon med för att säga hejdå. Jag följde henne upp till MTR-stationen. Innan hon åkte, presenterade hon mig två kinesiska hackspinnar. Jag tog dessa huggpinnar till Stockholm. Sedan återvände jag till studenthem för sista gången. Klockan var 18:00. Jag var trött och bestämde mig för att sova lite. Eftersom det muntligt informerades av Margaret Chu, trodde jag att mitt flyg var kl 05:05.

Jag kunde inte sova men låg på sängen fram till 21.00. Jag packade snabbt upp mina nödvändiga dokument och fixade bagaget. Jag lämnade studenthemmet klockan 10.30. Tidigare tappade jag min lägenhetsnyckel till min iranska rumskamrat. Jag bad honom att lägga in nyckeln på studentshemmets kontor.

Jag tog en minibuss från HKUST campus. Jag frågade busschauffören om jag kunde ta en flygbuss från hans väg. Han svarade ja. Men jag kunde inte hitta någon flygbuss på den plats han släppte mig. Jag väntade på en halvtimme. Men i busshållplatsen fixade den lokala säkerhetspolisen en kvinna för att visa mig könsfrestande. Jag svarade inte på det. Sedan tog jag en taxi för att åka till flygplatsen.

När jag nådde flygplatsen klockan 01:00, hittade jag mitt plan redan hade lyft klockan 00:05. Sedan öppnade jag min resplan och fann att jag var sen. Jag var inte nöjd med madam Chu. Eftersom hon berättade fel information att mitt plan skulle lämna Hong Kong kl 05:05.

Men jag hade problem på Hong Kongs flygplats. Eftersom flygplatspersonalen informerade mig om att min biljett avbröts pågrund av min frånvaro. Jag behövde köpa en ny biljett. Jag förhandlade med dem, sedan sa de till mig att det var möjligt att utfärda min biljett igen, men jag var tvungen att betala HKD $ 1 300. Sedan informerade de mig om att nästa tillgängliga flyg skulle vara i morgon kväll och jag var tvungen att vänta till den tiden. Jag hade inget annat att göra än att vänta på flygplatsen i Hong Kong i 18 timmar.

Under min tid på flygplatsen i Hong Kong engagerade säkerhetspolisen många kvinnor för att visa mig könsfrestande. De skickade till och med Andy Wang till flygplatsen. Jag pratade inte med någon av dem. Nu förstår jag att de gör dessa mot människor med olika religiös identitet.

Sedan sa de återutgivning av min biljett inte var möjligt. Jag började gråta. Sedan checkade personalen in sitt säkerhetspolysystemmet och fick godkännande om mig. Som ett resultat gick personalen med på att utfärda min biljett. Jag betalade HKD $ 1 300 och fick min flygbiljett till Stockholm. Flygbolaget var KLM-Air France. Innan jag kom ombord på planet, lärde säkerhetspolisen en av sina agenter att uttala ord som "jag kommer att utvisa honom från Sverige ...". Men innan jag gick ombord på planet skickade jag SMS till både Angelique Blondy och Kennie Siu om att jag skulle lämna Hong Kong. Detta var slutet på min ett (01) år och fem (05) månaders stressande tid i Hong Kong.

I planet överförde säkerhetspolisen information till kabinflyggvärdinorna om att Hong Kong utvisade mig eftersom jag inte deltog i kulturaktiviteter med Angelique. Så en rysk kabinpersonal sympatiserade med mig. Hon ville delta i deras kulturella aktiviteter med mig. Men jag svarade inte på det. De skickade även ut sina två kvinnliga agenter för att sitta bredvid mig i planet. De tog bort min vegetariska måltid från min bricka. Men jag undviker tekniskt att äta från menyn. Jag stannade vid Amsterdam flygplats. Där väntade jag i en timme. Efter det kom jag ombord på planet (SAS flygbolag) till Stockholm. Slutligen nådde jag till Stockholm cirka 13:00 med en osäker framtid.

Likasom den australiensiska, de kantonesiska (Hongkongfolket kallas kantonesiska) lägger stress på mig i alla mina aktiviteter på grund av min etnicitet och religiösa identitet. Jag försökte blandas med dem liberalt enligt sekularismteorin men det fungerade inte där. I detta avseende var mina erfarenheter i Australien och Hong Kong desamma.

Livet tillbaka i Sverige år 2010- 2019

Jag nådde i Stockholm cirka 13:00 den 31 januari 2010. Det var en söndag. Jag hade bara HKD $ 1 700 med mig. Jag bytade valutan och fick ungefär 1 600 SEK på Arlanda. Med detta köpte jag månad SL-biljett för SEK 699. Sedan åt jag middag på Burger King vid Märsta pendeltågstation. Jag tog hjälp från Stockholm Kommun Social system. Eftersom jag var student och var borta ett tag accepterade det sociala systemet mig och betalade min försörjning i Stockholm.

Men i Stockholm meddelade den svenska säkerhetspolisen mig att det fyra säkerhetssystemer körde efter mig vid den tiden. Dessa var: australiensiska, Hongkong, svenska och en annan var centrala. Syftet var att de-stabilisera mig. Målet var att skapa störningar i min personliga, sociala och ekonomiska ektiviteter. Vid den tiden informerade den svenska säkerhetspolisen mig också om att de övervakade 50 personer i världen och att jag var en av dem.

Som nämnts tidigare, genomförde säkerhetspolisen sin verksamhet genom det lokala kyrkans system. Den här gången anställde de Jänni från Farsta Kyrka för att springa efter mig så mycket som han kunde. Under perioden februari-december 2010, försökte Jänni sitt bästa för att störa min religiösa identitet men han kunde inte. Han skapade störningar i mina personliga, sociala och ekonomiska aktiviteter. Han hindrade mig ifrån Jobbtorg, Arbetsförmedlingen och Farsta Stadsdelsforvaltning med mina olika aktiviteter. Hans aktiviteter var följande: könsterapi, destabilisering i boende, hinder i socialisering, problem med att få ett jobb och mental tortyr osv.

Under den andra veckan efter min ankomst så skickade den svenska säkerhetspolisen och kyrkans personal, kronprinsessan Victoria för att möta mig. På tunnelbanan, troligen nära Slussen eller Gamla Stans tunnelbanestation, såg jag en vacker kvinna med barfota med höga klackskor i handen omgiven av sina vänner. Förmodligen var den svenska säkerhetspolisen också nära med henne men jag märkte inte det. Efter att ha tittat på mig tappade hon skorna på marken. Men jag reagerade inte på det som vanligt. Vid den tiden kände jag henne inte heller. Sedan lämnade hon tåget tillsammans med alla som omgav henne.

Den svenska säkerhetspolisen och kyrkans personal skickade Victoria andra gången i tunnelbanan för att möta mig. Den här gången satt hon troligen på tågstolen med prins Daniel och en annan av deras vän. Vid den tiden efter att ha tittat på mig lade Victoria handen på skon. Jag satt två rader bakom henne och var stillastående som vanligt. Sedan kommenterade hon troligtvis "han tillhör den grupp som inte vet (han tillhör till vet inte grupp)".

Efter en månad av min ankomst åkte jag till Slussen. Där träffade jag två män. Jag beskrev för dem att jag gjorde en del av min doktorsexamen i Hong Kong. Jag återvände tillbaka till Sverige på grund av några familjerelaterade problem. Sedan kommenterade de personerna, du kommer att vänta i Sverige till ogräsceremonin av Kronprinsessan, Victoria. Sedan gjorde jag en googlesökning för att veta vem som var kronprinsessan, Victoria. Då fick jag känna henne. Jag har respekt till henne.

Farsta Stadsdelsforvaltning avskräckte mig att starta SFI-studier. Men jag insåg att om jag vill bosätta mig i Sverige, måste jag lära mig svenska. Annars skulle saker inte fungera för mig. Så jag registrerade mig för SFI och började programmet från 18 februari 2010. Jag fick gå på SFI-skolan i Globen. Där uppmanade Jänni, SFI-lärare och studenter för att springa efter mig. Han uppmuntrade kvinnliga lärare och kvinnliga studenter för att påtvinga könsterapi på mig. Han sa till dem att jag skulle ändra min religiösa identitet. Det var därför, jag var tvungen att byta två SFI-klasser. Dessa var Lauras och Gandhis klass. Sedan gick jag till Jerry's klass. Jerry var liberal och han var inte lika aggressiv som Laura och Gandhi. Jag kunde passera SFI nivå "C" med Jerry.

Sedan uppgredade Jerry mig till SFI-nivå "C +" och skickade mig till Saras klass. Sara var artig, vänlig, mogen och lättsam SFI-lärare. Hon var också romanförfattare. Hon var snal mot mig och hon påtvingade inte könsterapi. Jag gjorde nationella prov för SFI nivå "C" med Sara. Det tog mig nästan 18 månader att klara SFI-nivå C. Eftersom jag brukade delta i föreläsningar och inte träna självstudier hemma.

Jag fick också Sara som SFI-instruktör på SFI nivå D. I början av SFI-nivå D, skickade Arbetsförmedlingen mig till Hermods för att slutföra svenska som andraspårk grundläggande (SAS G) kurs. Det var en femmånaders kurs. Vanligtvis krävs det att man slutför SFI nivå D innan man registrerade sig i SAS G-kurs. Eftersom Arbetsförmedlingen skickade mig dit, upphävdes detta krav för mig. Så jag fick chansen att sitta på SAS G-kursen utan att ha slutfört SFI på nivå D.

På SAS G-kursen fick jag Kenneth som instruktör. På Hermods försökte kyrklig personal skapa störningar för mig. Störningen inkluderade könsterapi och mental stress. Men intensiteten minskade. Jag började studera på Hermods i november 2, 2010 och slutade den 1 april 2011. Jag avslutade bekvämt SAS G-kursen på Hermods utan problem med godkänt betyg.

I år 2010 kallades jag in för två intervjuer. En av dem var med professor Anders Rasmusson för en doktorandplats.

Intervjun var bra. Han ville erbjuda mig en doktorandtjänst i början av nästa år. Men han kunde inte erbjuda mig en doktorandposition. Detta berodde troligen på problem med den integrerade internationella säkerhetssystemdatabasen. Jag kallades in för en andra intervju på Borealis AB. Tjänsten var processutvecklingsingenjör. Min första intervju i Göteborg gick bra med rekryteringspersonalen. Men tyvärr blev jag inte kallad in för en andra intervju.

År 2011 var inte ett särskilt trevligt år för mig heller ur ett jobbperspektiv. Jag deltog i ett antal jobbintervjuer utan framgång. En intervju jag deltog i var med Boliden Odda i Bergen, Norge. Det var en processingenjörs tjänst. Jag var den första de intervjuade. Intervjun var mycket bra med deras rekryteringsspecialist, Björn Vivilid. Men tyvärr fick jag inte jobbet. I mitten av 2011 kallades jag in till två andra intervjuer. En var med Citec for processingenjör. Det var ingen bra intervju för mig. Eftersom intervjuarna förväntade mig att prata med dem på svenska. Men min svenska var inte bra på den tiden. Som ett resultat fick jag inte jobbet. Annan jobbintervju var med Biotech AB. Det var också en processingenjör tjänst. Företagets VD genomförde en intervju på engelska med mig och han var nöjd. Efteråt, när jag ringde honom, berättade han för mig att han äntligen valde ut två sökande. Den ena var jag och den andra var en pakistansk kandidat. Av dessa två kommer han att rekrytera en. Men tyvärr avbröt de rekryteringsprocessen. Så jag var arbetslös år 2010 och 2011 i Stockholm, Sverige.

I år 2012, fick jag mitt första jobb i Sverige. Företaget var Ecobränsle i Karlshamn AB. Jag gjorde två månaders praktikjobb före den slutliga rekryteringen. Min position var laboratorieingenjör. Jag konsulterade också ett stort oleokemiskt företag, AAK under min tid i Ecobränsle. Mitt jobb i Ecobränsle var främst ett forskningsjobb relaterat till kvalitetskontroll och produktutveckling. Jag var ansvarig för att kontinuerligt utvärdera och kontrollera biodieselkvalitet i enlighet med europeisk standard. Jag använde Gas Chromatograph (GC) för analys av biodieselhalterna. Jag brukade göra massor av experimentellt atbete för produktutvecklingsändamål. För detta, genomförde jag en design av experimentet (DoE). Sedan genomförde jag experimenten enligt DoE. Alla mina laboratorie försok var framgångsrika. Eftersom jag fick bra resultat i alla mina labbsförsok gjorde jag tre framgångsrika projekt. Två projekt var för Ecobränsle. Dessa var: metodutveckling för att analysera biodiesel med GC och monoglyceridreduktion från biodiesel. Mitt tredje projekt var för AAK och projektet handlade om: bioester produktutveckling. Mitt arbete på dessa projekt var unika och omfattande. Med erkännande av mitt arbete kunde jag nå följande publikationer:

1. M. Shahidul Islam, Christian Bundy, "Kinetics of Rapeseed Oil Methanolysis in presence of KOH Catalyst – Studied with Gas Chromatography", *International Journal of Science and Technology*, Vol.2 No.10, 762-768 (**2012**).

2. M. Shahidul Islam, Christian Bundy, M.A.A.S. Choudhury, "Monoglycerides reduction in rapeseed oil transesterification for production of high quality biodiesel", *International Journal of Oil, Gas and Coal Technology (IJOGCT)*, Vol 8, No 1, 104-116, 2014 (**2014**).

3. Mohammad Shahidul Islam, Christian Bundy, "Bioester in Bioscience Discipline-Past, Present and Future Trends", *Curr Trends Biomedical Eng & Biosci* 11(2): CTBEB.MS.ID.555807 (**2018**).

4. Shahidul Islam M, Bundy C, Choudhury MAAS (**2019**). Optimization of process variables for laboratory scale

production of oleochemical product sheaolein ethylester through transesterification. *Acad. J. Sci. Res.* 7(10): 595-604.

Därför återvände jag tillbaka till forskningsarbetet på Ecobränsle och efter ett tag sökte jag möjlighet att slutföra min oavslutade doktorsexamen. På min ansökan gick Atlantic International University (AIU), Hawaii, USA med på att acceptera mig som en överförd doktorand. Jag överförde alla mina kursarbeten som gjordes vid Hong Kong University of Science and Technology under 2008–2010 till AIU. Jag tog också 25 högskolepoäng ytterligare kurser för att fullfölja kraven för en doktorsexamen vid AIU. Vid AIU avslutade jag också mitt oavslutade forskningsarbete vid Hong Kong University of Science and Technology om "Ozonolys teknik för att behandla endokrina störningskemikalier (EDC)". Slutligen genomförde jag följande publikationer om mitt forskningsarbete:

Bok:
1. Mohammad Shahidul Islam (**2014**). Ozonolysis technique to treat Endocrine Disruption Chemicals (EDCs). LAP LAMBERT Academic Publishing, OmniScriptum GmbH & Co. KG, Germany.

Tidskriftspublikationer:
1. Islam M.S., Choudhury M.A.A.S., **2013**. Optimization of factors effecting ozonolysis of Endocrine Disruption Chemicals (EDCs) studied by sparger influence to minimize ozone consumption. Journal of Water Research. Photon 135, 199-210.

2. M.S. Islam, A. Blondy, K.L.Yeung, A. Julbe, A.Ayral and J-C Schorotter, M.A.A.S Choudhury (**2010**), "ENDOCRINE DISRUPTION CHEMICALS (EDCs)

DEGRADATION IN AN ADVANCED OZNONE MEMBRANE REACTOR – Experimental & modeling study", Journal of Chemical Engineering, IEB, 25 (1): 43-55.

3. Islam MS, Choudhury MAAS (**2013**). Simulation of an ozone membrane reactor for the separation of endocrine disruption chemicals (EDCs) from water and waste water. Acad. J. Sci. Res. 1(9): 142-148.

Akademiska institutionen för AIU godkände min avhandling på grundval av ovannämnda vetenskapliga publikationer. På grund av erkända publikationer och CGPA 3.87, beviljade det akademiska rådet för AIU min doktorsexamen i kemiteknik med CUM LAUDE-utmärkelser den 11 juni 2013. Som ett resultat avlägsnades en enorm börda från bröstet efter nio (09) år. Min mamma var väldigt nöjd med min prestation.

Jag hade inte möjlighet att delta i min B.Sc (konvokation som hölls vid BUET, Bangladesh 2004) och M.Sc (konvokation hölls i Chalmers 2003) Tekniska konvokationer. Men jag deltog i min besvärliga teknologi doktors konvokationsceremoni av Atlantic International University (AIU) som hölls i Florida, USA i år 2013.

Bild 1: Få doktorsexamen i en konvokationsceremoni i AIU, USA den 7 november 2013.

På begäran från auktoritet av Atlantic International University (AIU), Hawaii, USA, höll jag följande doktorangraderingstal inför konvokationsgrupperna den 7 november 2013:

"I would like to thank the chairman of board of trustees, dean of different schools, academic advisers, tutors, counselors, administrative and financial staffs for their dedicated contributions to AIU. My heartiest congratulations to all AIU graduates. I wish all AIU graduates will enlighten their respective fields throughout their careers with education they have accomplished by studying at AIU. AIU's online education program is unique in the world. Its readily amenability and appropriately compatibility have made this university attractive to the students all over the world.

Thank you all very much!

Mohammad Shahidul Islam
Ramada Plaza Marco Polo Beach Resort
Miami, Florida
USA."

Bild 2: Tal som genomfördes vid konvokationsceremonin vid AIU i Florida, USA den 7 november 2013.

Som ett erkännande för min enastående prestation i mina doktorandstudier vid AIU, var universitetet nöjda med att erbjuda mig en tjänst som akademisk rådgivare på deltid inom kemiska, miljö och jordbruksingenjördiscipliner. Jag blev anställd i AIU den 19 november 2013. Jag arbetar fortfarande för AIU som akademisk rådgivare på deltid.

Trots att mina så många prestationer, engagerade den svenska säkerhetspolisen och den lokala kyrkan för att skapa hinder för mig. Dessa hinder inkluderade könsterapi och psykiska trakasserier. Kyrkans personal i Karlshamn sa till mig att äta omtvistad mat. Jag gjorde inte det.

I september år 2013 förlorade min handledare, Christian Bundy sitt jobb. Detta berodde troligen på oegentligheter i kontorsarbetet. Då fanns det ingen personal i Ecobränsle som kunde handleda mig. Som ett resultat, i samband med att Christian bortgång, var jag också tvungen att sluta mitt jobb.

Jag återvände tillbaka till Stockholm den 1 oktober 2013. Jag kunde hantera ett delat boende på Virättravägen i Huddinge. Men den svenska säkerhetspolisen sprang bakom mig i Stockholm. Under den här perioden sökte jag tre olika jobb. Den första var vid KTH för en forskningsassistenttjänst inom förnybar bränsleteknik. Eftersom jag hade färsk erfarenhet av biodieselteknologi. Jag kallades in för en intervju med professor Lars Pettersson. Men Lars Petterson ändrade intervjudatumet till Eid Ul Azha dagen klockan 08:00. Han skickade ett meddelande genom att svara på ett av mina gamla e-postmeddelanden där jag sökte en doktorandtjänst under hans handledning år 2010. Med detta kunde jag förstå att han inte skulle erbjuda mig en forskarassistenttjänst i sin avdelning. Men jag dök upp till intervjun i tid. Hans inställning var inte spontan och jag behandlade alla hans frågor med ett öppet sinne. I slutet av intervjun meddelade han mig att han då inte skulle erbjuda mig en plats på grund av brist på finansiering. Han nämnde också att det inte fanns någon möjlighet att få sådan finansiering under de kommande sex månaderna. I slutet bad jag honom att meddela mig om det i framtiden skulle finnas finansiering för en sådan position. Sedan lämnade jag hans kontor.

Den andra var på Kortus Enegry AB. Jag besökte deras kontor i Isafjordsgatan, Kista. Jag hade en möjlighet att presentera mig för deras VD, Rolf Ljunggren en kort stund. Där uttryckte jag mitt intresse att arbeta hos dem. VD var intresserad av min professionella profil. Han gav mig sitt mobilnummer och sa att jag skulle kontakta honom under de kommande två veckorna. Efter nästa två veckor försökte jag ringa honom men kunde inte eftersom det mobilnumret inte längre var aktuellt. Sedan ringde jag deras vanliga telefonnummer och försökte kontakta VD. Efter en veckas strävan kunde jag nå VD via mobiltelefon, men han sa att jag skulle kontakte honom igen om en månad. Efter en månad försökte jag kontakta honom via mobiltelefon men kunde inte. Efter det rådde en av hans kollegor i finansavdelningen mig att skicka dem mitt CV med e-postadress: info@cortus.se. Jag följde hans instruktioner och skickade CV till den e-postadressen. Mina e-postmeddelanden var följande:

"Hej Rolf!

Jag heter Shahidul och traffade hos dig några månader sedan.

Jag är intresserad av ett nystart jobb/en praktik plats hos dig.

Jag har anställning stöd från arbetsformedlingen. Om du kan anställa mig, Arbetsformedlingen ska betala ungefär SEK 20.000 varje månad för nästa 12 månader. Deatt innebär dina företag behöver betala bara en mindre del av mitt lön.

Mitt CV och personligt brev är befogad för er vänlig uppmarksamhet.

Med Vänliga Hälsningar,

Shahidul
0700642163
shahid9438@gmail.com"

Tyvärr fick jag följande svar från Magnus Nelsson Folkelid:

"Hej Mohammad,

Tack för din ansökan dock har vi just nu inget rekryteringsbehov.

Lycka till!

Med vänliga hälsningar

Cortus Energy".

Efter det tappade jag hopp om att få jobb hos dem i framtiden.

Det tredje jobbet jag försökte var med Stockholm Vatten AB. Jag kontaktade Katarina Nordlinder på Human Resource avdelningen. Jag skickade henne följande e-post meddelande den 18 december 2013:

"Bästa Madam Katarina Nordlinder,

Hej. Det var ett nöje att inroducera mig med dig på Stockholm Vatten idag.

Jag kommer att vara mer än glad om du är snäll nog att erbjuda mig ett nystart jobb hos Stockholm Vatten . För detta (nystart jobb) Arbetsförmedlingen ska betala 68% av lönen.

Innan jag gjorde ett projekt om "membran och tillhörande process för att separera hormonstörande kemikalier (EDCs) från vatten och avlopp" som finansieras av ett franskt Miljö bolag, Veolia vatten.

Jag har också gjort ett designprojekt för behandling av ett avloppsreningsverk small skala fabrik i Hong Kong som en del av min Ph.D studie.

Jag kommer att be min handläggare på Arbetsförmedlingen ta kontakt med dig angående detta.

Mitt CV, både på engelska och svenska, personligt brev, Ph.D och M.Sc avskrifter, bok nyligen accepterat för publicering på avloppsrening och ett avloppsreningsverk konstruktion rapport bifogas för era vänliga övervägande .

Jag kommer att ser fram emot era vänliga svar.

Med vänlig hälsning ,
Shahidul

(Dr Mohammad Shahidul Islam)
Sökande

Poste Restante (PR)
10110 Stockholm
Sverige

Mobil nr : . 0700642163
E - post: shahid9438@gmail.com"

Den 16 juni 2014 fick jag följande svar:

"Dr. Mohammad Shahidul Islam,

Jag har nu talat med aktuella chefer hos oss och tyvärr har de inte möjlighet att erbjuda dig nystartsjobb eller praktik.

Med vänlig hälsning
Katarina Nordlinder
personalman
Stockholm Vatten AB
Verksamhets- och ledningsstöd
106 36 Stockholm
Besök: Torsgatan 26

Telefon: 08-522 120 00
Direkt: 08-522 127 02"

Efter det tappade jag hopp om att få jobb i Stockholm Vatten AB.

Den 24 februari 2014 gick min himmelske far bort från oss i Dhaka, Bangladesh. När jag fick den nyhet var jag väldigt chockad och bestämde mig för att resa till Bangladesh direkt. Jag köpte flygbiljett inom två timmar och packade väskan för att lämna Stockholm inom 18 timmar. Min restid var kl. 10:00 den 25 februari 2014 från Arlanda Airport med Qatar Airways. Jag nådde Dhaka, Bangladesh klockan 06:00 den 26 februari 2014 och deltog direkt i begravningsceremonin för min himmelske far i hans by

Dhuburia i Tangail District, Bangladesh. Han låg där i fred
för evigt.

Under min vistelse i Bangladesh fick jag plötsligt följande
e-postmeddelande från BCL Associate Limited den 5 mars
2014:

"To: Dr Mohammad Shahidul Islam
From: Md Rezaul Karim Chowdhury
Date: 05 March, 2014

Dear Dr Islam,

I refer to your correspondences with our Managing
Director. Presently he is out of country. After evaluating
your degrees, experiences BCL offer you to join the
company as Environmentalist on a monthly remuneration
of BDT 55,000/pm. If the offer is acceptable to you, you
may join on any day you choose to.

Best regards,

Md Rezaul Karim Chowdhury
Director
BCL Associates Limited"

Jag accepterade erbjudandet och började på företaget den
23 mars 2014 som miljöingenjör. Jag arbetade där i tre
månader. Under min tid på BCL Associated Limited var jag
engagerad i ett projekt med titeln "Western Bangladesh
Bridges Improvement Project (WBBIP)". Under detta
projekt besökte jag västra zonen i Bangladesh inklusive 10
distrikt och undersökte miljöbaslinjer för 33 broar. Jag
tillbringade tio dagar på att besöka dessa broplatser. Sedan
sammanställde jag IEE-rapporter för 33 broar och skickade

dem till teamledaren för projektet, Md Rezaul Karim Chowdhury.

Jag återvände till Sverige den 25 maj 2014 eftersom jag inte hade svenskt medborgarskap under den tiden. För detta, om jag skulle ha stannat i utlandet mer än tre (03) månader, skulle det skapa inverkan på att få svenskt medborgarskap efteråt.

Dock förblev jag fortfarande arbestlös i Sverige under de kommande två åren. I december 2014 blev jag involverad i Xpandia Vision. Jag var kallad in för en intervju med VD:n av företaget, Ricardo Aldarado Osvaldo. E-postmeddelandet jag fick var som nedan:

"På uppdrag av Ricardo-Osvaldo Alvarado - VD
XpandiaVision
ricardo.alvarado@xpandiavision.se
Mobilnr. 0736-16 08 13

Hej Shahidul

Tack för ditt mail.
Du är välkommen på intervju torsdagen den 4 december kl 14.00.
Vi träffas i Tensta Konsthall, caféet, Taxingegränd 10.

Blå linje mot Hjulsta till Tensta. Det tar ungefär tjugo minuter från T-Centralen. Konsthallen ligger under Tensta Centrum och det finns två trappor från Tensta Allé ner till konsthallen. Tunnelbanestationens hiss leder även till Taxingeplan framför konsthallen.

Mvh Tina Laine
Tina Laine
Sekreterare

Jag träffade Ricardo den 4 december 2014. Han bad mig att gå på en annan intervju med deras verksamhetsutvecklare, Hans Kilsved. Jag träffade Hans Kilsved den 10 december 2014. Jag blev imponerad av Hans presentation om två av deras befintliga projekt. En av dem handlade om "etablering av tvättstuga" och en annan var "kulturmiljö hållbarhetsbedömning av ett naturreservat i Stockholm, Igelbäcken". Jag var också motiverad eftersom det skulle finnas möjlighet att vara anställd efteråt i företaget. Trots att det inte hände. Men jag fick en god vän i Stockholm, Hans Kilsved på grund av mitt engagemang hos Xpandia. Hans hjälpte mig att få ett professionellt jobb i Sverige. Men, pågrund av komplexiteten på den svenska arbetsmarknaden fungerade Hans strävan inte för mig.

I Xpandia var mitt engagemang via Arbetsförmedlingen som en FAS 3-praktikant. Jag fick ett uppdrag från Hans att utforska hållbarhet i Igelbäckens naturreservat. Jag besökte Igelbäcken tre gånger. En gång var jag för mig själv och två gånger med Hans Kilsved. Jag samlade in ekologisk, social och ekonomisk information i korridoren för påverkan (corridoor of impact, COI) på Igelbäckens naturreservatet. Sedan sammanställde jag ett kursmaterial om "hållbarhetsstudie av Igelbäcken". Denna kurs förväntades vara lämplig för elever i högstadiet, gymnasiet och högskolan. Även om denna kurs inte blev av i Sverige.

I november 2015, gick Xpandia i konkurs. Så Hans var mycket angelägen om att hitta en praktikplats för mig. Hans pratade först med WSP AB. Deras arbetsledare Anna Dalman Petri vägrade att erbjuda mig en praktikplats. Sedan försökte Hans med Norrvatten AB. Norrvatten forsknings- och utvecklingschef, Bertil Johansson kallade mig till en intervju. Jag och Hans dök upp före intervjun. Innan intervjun granskade Bertil mitt CV och min doktorsavhandling. Han blev imponerad av mig. Under intervjun ställde Bertil inte några svåra frågor till mig. Han rådde oss att kontakta min handläggare på Arbetsförmedlingen. Syftet var att hitta en praktikplats för mig. Mitt ärende på Arbetsförmedlingen var hos Ann Röle. Hon tog för lång tid på sig att kontakta Bertil Johansson. Så jag kunde tyvärr inte påbörja min praktikplats före den 8 februari 2016.

Den 8 februari 2016, började jag min praktikplats p Norrvatten AB i två månader. Bertil Johansson berättade för mig att jag skulle erbjudas för ett-årsanställning efter praktikperioden. Min rådgivare på Norrvatten var Per Ericsson och handledaren var Sofia Wängdahl. Mitt projekt var "Optimering av kolfilterbäddens prestanda för att förbättra produktion och vattenkvalitet". Under min tid på Norrvatten träffade jag Louise Jansson. Hon var alltid vänlig mot mig och skjutsade mig mellan Görvälnverket och Stockholm vid ett flertal tillfällen.

I slutet av praktikplatsen meddelade Bertil Johansson att de inte kommer att fortsätta min kandidatur. Han sa att jag skulle kontakta IVL. Enligt honom, matchar min profil och kompetens mer med IVLs arbete. Men faktum var att problemet var ett svenskt säkerhetssystem administrerat av svensk säkerhetspolis. När Bertil Johansson kontrollerade mina uppgifter i det svenska säkerhetssystemet godkände inte den svenska säkerhetspolisen mig. Som ett resultat kunde Bertil Johansson, trots önskan, inte erbjuda mig en tidsbegränsad anställning på Norrvatten AB.
Den 7 april 2016 var min sista dag hos Norrvatten AB. Innan min avgång skickade jag följande e-post till Bertil Johansson:

"Dear colleagues,

Hej!

Please find a report on my 8 weeks work at Norrvatten. The study is not completed. In order to complete coal filter optimization study another 10 weeks work is needed.

This report is prepared according to standard format of technical report writing used in USA. I wrote this report in English because of time constraint.

This report could be both industrial and academic interest.

For any clarification on this report, please communicate with: shahid9438@gmail. This Norrvatten email address is not going to be accessible to me since today is my last day at Norrvatten.

Thank you very much for helping me during my time at Norrvatten.

With to contribute to Norrvatten in future if opportunity arise.

I also wish you a wonderful summer coming ahead!

With Best Regards,

Shahidul
(Shahidul Islam)
Mobile: 0700642163, 0736537526
E-mail: shahid9438@gmail.com"

Sedan var jag arbeslös igen till och med augusti 2016. Efter att ha fått ett intresse för att arbeta hos Ozone Tech Systems OTS AB, Stockholm erbjöd dom mig en processingenjör tjänst från den 1 september 2016. Jag var tvungen att gå igenom flera omgångar intervjuer och referensförfrågningar innan jag blev anställd. Ozone Tech tillverkar ozongeneratorer. De levererar också system för att behandla luft och vatten med hjälp av ozongas. Ozon är en stark oxidant. På grund av denna egenskap används den för att mineralisera och bryta ner stora molekylstrukturer som är stabila, beständiga och cancerframkallande organiska föroreningar. Jag hade forskningserfarenhet i ozon på Hong Kong University of Science and Technology. Där använde jag ozon för att behandla och mineralisera problematiska organiska föroreningar i vatten som är hormonstörande. Jag hade både teoretiska och experimentella kunskaper inom dessa områdena. Så Ozone Tech var glad att rekrytera mig. Jag gav också ett antal resultat under min 8-veckors period där. Mitt bidrag till Ozone Tech ingår men begränsas inte av följande:

- Produktion av beskrivande sammanfattningar om ozonbehandling av vatten för att behandla antalet organiska föroreningar.
- Riktlinjer för att producera rapport om ozonbehandling av vatten.
- Ozonbehandling av Propofal för att behandla dessa hormonstörande kemikalier (EDC) från vatten.
- En detaljerad forskningsrapport om ozonbehandling av Propofal i vatten från Fresenius Kabi AB, Sverige.
- Periodisk veckovis lägesrapport till VD för Ozone Tech.

Under den tredje veckan i oktober 2016 fick jag ett erbjudande från svensk polis. De kallade mig för en intervju för en Laboranttjänst i deras labb i Luleå. De bad mig också om två referenser i Sverige. Jag bad Hans

Kilsved och Christian Bundy att referera mig till den svenska polisen. Hans Kilsved gick med på det genom att skicka mig ett e-postmeddelande. Christian Bundy ringde till mig på mitt kontor på Ozone Tech. Han frågade mig varför jag skulle dyka på intervjun och varför jag inte ville fortsätta arbeta inom Ozone Tech. Jag var obekväm att ha en sådan konversation med Christian via telefon. Eftersom jag hade ett bra vänskapligt förhållande med honom och jag inte ville bryta det här förhållandet, svarade jag på hans frågor via telefon. Jag sa till honom att polisen var ett statligt företag. Anställningen hos dem har en bättre säkerheten jämfört med ett litet privat företag. Då var det en av mina kollegor John Lindam, som satt framför mig, en partisk VD av företaget Behrooz Gilanpour och han lyssnade på våra samtal. Efter att ha lyssnat på vår konversation beslutade han att sparka mig av företaget. Trots mina så många bidrag till företaget under en kort tidsperiod, gav han mig ett uppsägningsbrev under de kommande veckorna (24 oktober 2016). Han väckte på ett påhittat sätt konfidentiella frågor skriftligt, vilket helt och hållet inte var korrckt. Men han sa till mig muntligt att eftersom jag skulle dyka upp för en annan intervju, på en annan arbetsplats och att ha en sådan konversation öppet på kontoret betyder att jag inte kan fortsätta jobba på deras företag. Så de ville inte investera sin tid och sina pengar på mig. Jag försökte förklara för honom och hans bror Behrang Gilanpour att det var dumt att sparka en ingenjör direkt från företaget. Men jag kunde inte motivera dem alls. För att behålla fredsförhållandena i framtiden undertecknade jag deras uppsägningsbrev och lämnade mitt kontor. Den 8 november 2016 gick jag upp för en intervju med den svenska polisen i Luleå för en laboranttjänst. Min intervju var bra men tyvärr fick jag inte jobbet. Jag tror att polisen övergav rekryteringsprocessen.

Sedan blev jag arbetslös till och med året efter. I december 2016 dök jag för en intervju med GL&V för en praktikplats. Deras ingenjör Jonas tog min intervju. Min intervju var väldigt bra. Men tyvärr fick jag inte tjänsten med GL&V.

I december år 2016 kallades jag till en annan position. Det var en forskningsposition hos Swedish Energy i Eskilstuna. Min intervju var bra men tyvärr fick jag inte jobbet där heller.

I februari år 2017 kallades jag till en intervju för en processingenjör tjänst hos Akzo Nobel i Alby, Ånge, Sverige. Min intervju var bra. Men jag kallades inte in för andra omgången av intervjuprocessen.

Jag försökte också att få ett jobb hos Eco Oil Miljöbränsle i Skellefteå i juni 2017. Deras VD, Kent van klint ville ringa mig för en intervju. På grund av att deras konsultprofessor på Luleå universitet inte var tillgänglig, kunde han inte ringa mig för intervjun. Så jag fick inte jobbet som forskningsingenjör heller.

Då hjälpte Hans Kilsked mig mycket att fixa en praktikplats i Stockholm Vatten och Avfall AB (SVOA AB) i juli 2017 i fyra veckor. Vid den tiden informerade Stockholm SVOA mig om att de kommer att erbjuda mig en tidanställning efter praktikperioden. Där arbetade jag med "Öde och transport av desinficeringsbiprodukter (DBP) i Sodium hypochlorite och rengöring av membrane bio-reactor (MBR) module". Jag producerade en bra litteraturstudierapport. Trots mitt trevliga bidrag, kunde SVOA inte erbjuda mig en anställning efter praktikperioden.

Alla dessa händelser som hände mig var för att jag inte accepterades av det integrerade säkerhetssystemet för den svenska polisen som upprättades av professor Brian Hayens i Australien 2002.

I oktober år 2017 blev jag välsignad av födelsen av vår andra son, Shakibul i Stockholm. Det var den tredje goda händelsen i mitt liv. De tre goda händelserna som hände i mitt liv var:

- Födelsen av vår första son, Sajjad i år 2008 i Stockholm,
- Min doktorsexamen i år 2013 från AIU i USA; och
- Födelsen av vårt andra son, Shakibul i år 2017 i Stockholm.

Efter Shakibul föddes, drabbades jag av en allvarlig ekonomisk kris på grund av lång arbetslöshet i Stockholm, Sverige. Jag var desperat efter att få något typ av jobb för min överlevnad. Då hjälpte Arbetsförmedlingen mig att få ett jobb i Samhall AB. Jag fick två månaders praktikplats i Samhall AB i december 2017 och blev anställd i februari 1, 2017. Min anställning var heltid tillsvidare hos Samhall AB.

Efter min himmelske fars död blev min mamma sjuk. Hon ville träffa sitt barnbarn. För detta besökte jag Bangladesh från de 13 december 2018 till den 16 mars 2019. Min mamma var glad över att se sitt barnbarn. Men tyvärr gick min mamma bort från oss den 29 januari 2019. Vila i frid. Måtte den allsmäktige ge henne själ på den högsta platsen i Jannatul Ferdous. Det var de tredje sorgliga händelserna i mitt liv. De tre sorgliga händelserna som inträffade i mitt liv var:
- Underlåtenhet att bedriva doktorsexamen i år 2004 vid University of Sydney, Australien;
- Min himmelske fars död i år 2014 i Bangladesh; och

- Min himmelske mammas död i år 2019 i Bangladesh.

När jag var i Bangladesh i ett trasigt hjärta för förlusten av min älskade mamma, fick jag ett jobberbjudande på WSP Natlikan den 10 februari 2019. Det var deltid och en tidsbegränsad jobbmöjlighet till och med december 2020. Jobbet var Hälsa, Säkerhet och miljökonsult för Bangladesh. Jag gick med på att tillträda tjänsten. Jag jobbar fortfarande för företaget och mina insatser är bara 2,5 timmar/månad.

Innan min avgång till Bangladesh skickade Samhall AB mig till Bactiguard AB. Jag började arbeta för Bactuguard som Samhalls anställd sedan den 12 november 2018. Bactuguard producerar infektionsfria foley kateter (FC), endotracheal tube (ETT) och central venekateter (CVC). FC tappar urin, ETT hjälper till att fortsätta andningen till intensivvårdspatienter och CVC injicerar medicin i blodströmmen. Bactiguard Infection Protection (BIP), förhindrar sjukvårdsassocierade infektioner (HAI) i urinvägarna, luftvägarna och i blodomloppet. För detta inducerar Bactiguard ädel metallbeläggning till icke ledande yta på FC, ETT och CVC. Den resulterande infektionsfria belagda FC, ETT och CVC upphäver bakteriekolonier från att sitta på ytan. Som ett resultat skyddar dessa produkter sjukvårdsrelaterade infektioner.

Under min tid i Bangladesh hjälpte jag Bactiguard AB för att hitta en agent för sina produkter där. Jag hade ett seminarium om deras produkter vid Bangladesh University of Engineering and Technology (BUET) den 6 februari 2019. Sammanfattning av seminariet var som följande:
Infektionsfri sjukvård/biomedicinsk utrustning stammades när en Swedish Legend, Gustav Dalen uppfann AGA Lighthouse-teknik och metallbeläggning på glasytan. För detta tilldelades han gemensamt Nobelpriset i fysik år

1912. Innan han dog överförde han sin kunskap till sin
kamrat Axel Bergström. I processen med att förbättra
tekniken kunde Mr. Bergström uppfinna en
metallbeläggning på en icke ledande materialyta.
Bergström delade med sig av sin kunskap till sin kamrat
Herr Belly Söderval. Södervall utvecklade den nuvarande
infektionsfria beläggningen och han använde sin teknik på
alla de flesta medicinska apparater. Tekniken fick patent i
USA år 1978. Slutligen tillverkades och marknadsfördes
infektionsfria sjukvård-enheter (Urine FOLEY-kateter
(latex och kisel), CVC och ETT-kateter) från Sverige år
2005. Från år 1912 till år 2005 tog det nästan hundra år för
att utveckla teknologin. Den infektionsfria tekniken består
av ett tunt lager ädelmetaller: guld, silver och palladium
som appliceras på ytan på medicintekniska produkter.
Metallkompositionen skapar en galvanisk effekt, kallad en
"mikroström" som förhindrar vidhäftning av bakterier och
bildning av biofilm. Ytan är ordentligt fäst vid ytan på
produkterna, vilket innebär att effekten kvarstår mycket
länge. Det finns ingen ökad risk för trombos och
beläggningen utlöser inte immunreaktioner. Mängden
ädelmetaller är mycket låg och frigörs inte i några toxiska
eller farmakologiska mängder, vilket gör att tekniken både
är vävnadsvänlig och säker för patienter. Sedan starten har
det sålts 160 miljoner produkter till mer än 40 länder och
dessa räddade miljontals människor över hela världen.

Seminariets deltagare var akademiker och studenter av
BUET. På min begäran var flera möjliga distributörer av
produkterna också närvarande i seminariet. Seminariet var
intressant för deltagarna. Seminariet avslutades med en
fråga och svarssamling om infektionsfri teknik. BUET gav
också lite förfriskningar efter seminariet.

Efter att ha återvänt till Sverige började jag igen jobba hos
Bactiguard AB den 17 mars 2019 som Samhalls anställd.

Eftersom jag var en ny medarbetare, var jag tvungen att passera hård tid för att bli socialiserad med kollegor. Som vanligt försökte jag mitt bästa att vara trevlig med dem trots deras irrationella attityder. Deras attityder var troligen förspända av den svenska säkerhetspolisens inflytande. Som tidigare nämnts, utsåg den svenska säkerhetspolisen kyrkans personal för att utföra deras uppdrag på fältnivå.

Efter oktober 2019 blev Bactiguard ABs ekonomiska tillstånd svagt. De tvingades sänka ner sina produktioner till hälften. Som ett resultat av det så behövde Samhall AB att minska antalet anställda till hälften. Den ansvariga områdeschefen försökte placera överskottsanställda till vissa andra företag där Samhall AB levererade tjänster. Jag blev placerad i utvecklingscykeln (utvecklingshjulet).

Samhall ABs utvecklingsutbildningshjulet består av antal teorier och motsvarande praktikspass. Längden på programmet är 12 veckor. Första veckan är teorisessioner. Detta följs av två veckors motsvarande praktiksprogram i rätt företag. Denna cykel upprepas tre gånger för att genomföra en 12 veckors intensiv träning. Syftet med denna utbildning är att utbilda en anställd genom att ge honom/henne adekvat teoretisk och praktisk utbildning. Målet är att ge den berörda medarbetaren möjlighet att arbeta för ett lämpligt företag där Samhall AB levererar service. Detta är ett slags kapacitetsuppbyggnadsprogram för medarbetaren.

Som vanligt, tvekar jag inte att göra humor på fritiden med utvalda kollegor som delar samma värde som mitt. Den här gången utvecklade jag icke-utveckling cykel (avvecklings hjulet) för att göra humor på följande sätt:

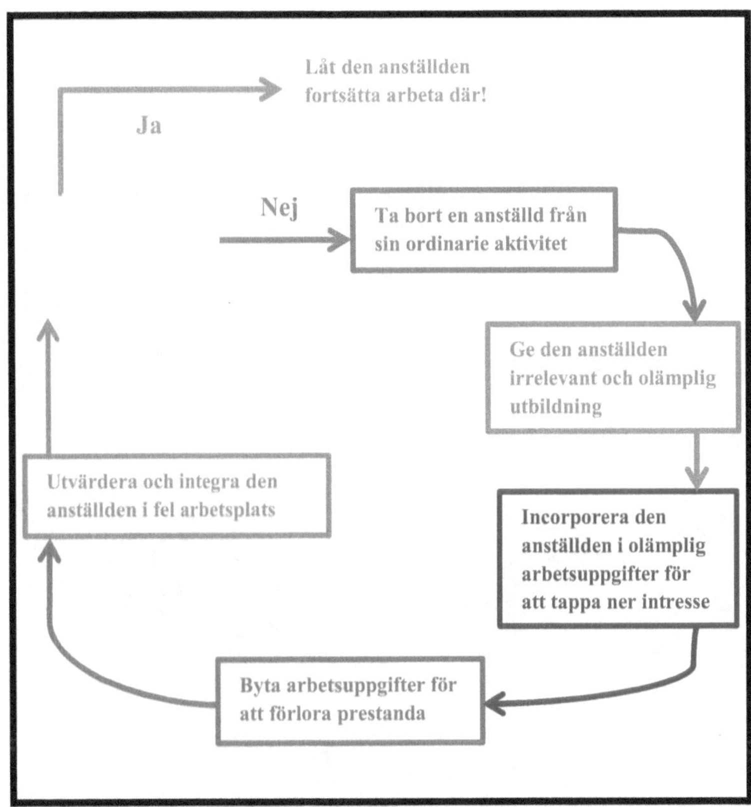

Bild 3: Humoristisk Icke-utvecklingshjulet för kontinuerlig avveckling.

Ibland är humor lämpligt för att lindra stress i arbetsmiljön. Eftersom arbete är en mekanisk process. Denna mekaniska bearbetning kräver energiförbrukning. Detta skapar en inverkan på mentaliteten. För att lindra mental stress är humör mycket effektivt för att utveckla arbetsmiljön.

Socialisering är annat sätt att skaffa en bra relation mellan medarbeterna i Samhall. För att skaffa en bra relation och förbättra samarbetsförmågan, föreslog jag några aktiviteter som skulle genomföras mellan Samhalls medarbetare vid Bactiguard. För det, hade vi ett val om aktiviter vi skulle göra. Bland annat: vecko-tårta, månad-tårta och årskalas. Ungefär 12 medarbetare av Samhall vid Bactiguard hade deltagit i omröstningsprocessen. Flesta av deltagerna hade tackade ja till månadstårta och årsskalas. För det, erbjöd jag första månaden en tårta, den 30 mars 2020. Jag erbjöd också vegetarisk pakora/falafel till de som fastade eller hade socker besvär i kroppen.

Bild 4: Första månadstårta fest av Samhall vid Bactiguard den 30 mars 2020.

Jag har beskrivit mestadels svårigheter som jag mötte i hemma och utomlands f.o.m. 2002 t.o.m. 2019. Men jag hade roliga och humoristiska stunder också som kunde delas på följande sätt:

- Irriterar Nazmul vai i ett möte som organiserades av Chalmers Islamiska studentförening år 2001 (Sverige)

- Jämför Renault Lippe (fransk student på Chalmers) med en skallig och skäggig skådespelare från Star Track-dokumentär år 2001 (Sverige)
- Humor med Kito Lukito Raharjo (smeknamnet Mr. Marshal) för sin Kungfu-kapacitet år 2002 (Australien)
- Ge legendariska titeln "halva kvinna" till Justin J Needham (en post doc av Tim Langrish) år 2002 (Australien)
- Avgift för att lära sig Kungfu med Mr. Marshal är AUD $100/vecka år 2002 (Australien)
- Att hänvisa Rob Willis till Marshal Kito år 2003 (Australien). Jag kan fortfarande inte sluta skratta när jag minns den här händelsen.
- Mr. Marshals reaktion på Rob Willis händelsen år 2003 (Australien)
- Anna Schlunkes humor om två minuters affär år 2003 (Australien)
- Lydia Tangs kommenterar om Annas humor - hur länge behöver du? 30 minuter? år 2003 (Australien)
- Ge försvarsrelaterade titlar till olika personer år 2002-2003 (Australicn)
- Ge homogender titel till Salim Quazen år 2003 (Australien)
- Uppsatsutvärdering av studentengelskkurs (LANG501) år 2008 (Hong Kong). Mina kommentarer var: Dåligt språk och uppsatsen var full av oregelbundna grammatiska och stavfel.
- Hårda mäns politik med Angelique orsakade enorma lidanden år 2009 (Hong Kong)
- Flexibel kvinnopolitik med Angus var nyckeln till framgång år 2009-2010 (Hong Kong)
- Ge F man titel till Hadi Pejman år 2010 (Hong Kong)
- Diskussion om svensk kultur med Azhar vai (Mr. Professor) år 2010 (Sverige)
- Shohors tjugo en signal på Infompomp år 2010 (Sverige)

- Begär Susanna Almine att komma till Rinkeby tunnelbanestation år 2010 (Sverige)
- Mina kommentarer i SAS G-kurs om Jan Al Zazai att han var väldigt upptagen med sina flickvänner under julhelgen år 2011 (Sverige)
- Skoja med Jan Al Zazai om sina flickvänner år 2011 (Sverige)
- Grön signal på Carola Olofsson till Håkan vid Ecobränsle i Karlshamn år 2013 (Sverige)
- Grön signal på Linda till Martin på Ecobränsle i Karlshamn år 2013 (Sverige)
- Grön signal på Kristina till Stephan Köhler vid Norrvatten år 2013 (Sverige)
- Skoja med Raymond om sina flickvänner i Xpandia Vision år 2015 (Sverige)
- Alexandras tjugo två signal i socialdemokraternas utbildning steg 3 på Runö år 2016 (Sverige)
- Ge Monica Lewinsky titel till Monika Martti i Samhall år 2018 (Sverige)
- Jämför Faik i Samhall med Dodi Al Fayed år 2019 (Sverige)
- Jämför Alye i Samhall med Bollywoods skådespelerskan Alia Bhatt år 2019 (Sverige)
- Döpa om Hadi till Höglund under utvecklingshjulet av Samhall år 2019 (Sverige)
- Utnyttja avvecklingshjul humör med avseende på Samhalls utvecklingshjulet år 2019 (Sverige)

Dessa är några av de humoristiska stunder som jag mötte i mitt liv under år 2001–2019. När jag minns dessa händelser, kan jag inte hjälpa att skratta.

En djup analys av inkonsekvens och olämplig aktivitet - varför gör människor så?

Inkonsekvens betyder avvikelse som inte står i proportion till tidigare aktiviteter. Det hänvisar också till saker som inte följer varandra. Det innebär varians, avvikelse eller till och med motsägelse, särskilt med tanke på sanning, förnuft eller logik. På grund av inkonsekvens förlorar aktivitet dess harmoni. En uppenbar implikation av inkonsekvensen är att oroligheterna höjs. Om oro inträffar blir en rättvis och jämlik spelplan knapp. I själva verket är detta början på en oharmonisk situation. Först börjar folk agera inkonsekvent och sedan äventyra lika villkor i efterhand. Det upphör med möjligheten att utvecklas och god aktivitet förlorar sin identitet. I mitt fall inleddes det inkonsekventa beteendet i Australien 2002. Det sprids i Bangladesh (2004-2008), Hong Kong (2008 - 2010), Frankrike (2008 - 2010) och Sverige (2010 – närvarande).

En olämplig aktivitet är en aktivitet som inte är lämplig. Olämpliga aktiviteter för mig av australierna var: (1) irrationellt beteende från början, (2) sträng kontroll, (3) överbelastad stress, (4) differentiering på grund av kön, ras, etnicitet och religiös identitet, (5) vilseledd från det avsedda syftet, (6) avvikelse från mål och syfte så att målet och omfattningen blir ouppnåeligt, (7) könsterapi på grund av religiös identitet, (8) mental tortyr för att bli sjuk mentalt, (9) fysiska och mentaal hinder för att tappa akademiskt intresse och arbetsintresse, (10) äventyra akademisk karriär, (11) äventyra arbetskarriär, (12) äventyra duellering, (13) äventyrar lagligheten att bo i landet, (14) äventyrar karriärutvecklingen, (15) äventyrar hoppet att kunna leva och (16) skilja sig själv såväl som hela familjen. Otillbörliga aktiviteter för mig från Bangladesh var: (1) äventyra arbetskarriären och (2) äventyrar karriärutvecklingen. Olämpliga aktiviteter för mig av Hong Kong, frankrike och sverige var: (1)

irrationellt beteende från början, (2) sträng kontroll, (3) överbelastad stress, (4) differentiering på grund av kön, ras, etnicitet och religiös identitet, (5) vilseledd från det avsedda syftet, (6) avvikelse från mål och syfte så att målet och räckvidden blir ouppnåelig, (7) könsterapi på grund av religiös identitet, (8) mental tortyr för att bli sjuk mentalt, (9) fysiskt och mentalt hinder för att tappa akademiskt intresse och arbetsintresse, (10) äventyra akademisk karriär, (11) äventyra arbetskarriär, (12) äventyra duellering, (13) äventyrar lagligheten att bo i landet, (14) äventyrar karriärutvecklingen och (15) äventyrar hoppet om att leva.

Människor gör vanligtvis dessa för att bevara sin överlägsenhet gentemot andra. I mitt fall var det att jag förmodligen var omtyckt av australienerna, Hongkong, franska och svenska folket i början. Så de ville att jag skulle vara likadan som dem. Men jag försökte mitt bästa för att bevara min identitet trots dessa hinder under hela mitt liv. Eftersom mitt engagemang i Australien, Hong Kong och Frankrike endast var för akademiskt syfte, så jag ville inte förlora min identitet för deras skull. I Sverige var min involvering både för akademiska och arbetssyften. För detta upprätthåller jag fortfarande min högsta grad av tålamod för dem. Det fanns andra skäl för mitt mjuka hörn till Sverige: två av mina söner föddes i Sverige, jag fick min magisterexamen från Sverige utan svårigheter och svensken gav mig möjligheten att bo i deras land.

Oavsett mitt speciella fall gör människor vanligtvis dessa saker mot andra för att förlora sitt kön, ras, etnisk och religiösa identitet. Så att den drabbade personen blir som en varelse och underlägsen i denna vackra värld.

Konsekvens av sådan aktivitet

Konsekvens betyder effekt och resultat av något som hänt tidigare. Det betyder också slutsatser som nås genom resonemang och slutsatser. Irrationella aktiviteter av de australiensiska började när Brian Hynes rapporterade mot mig till det integrerade systemet för australisk säkerhetspolis, gjorde att konsekvensen blev mycket stora. Det sprängde mitt akademiska-, karriär-, ekonomiska-, sociala-, familje- och personliga liv. Jag var mycket motiverad till min utbildning med hög ambition, entusiasm, nyfikenhet, innovation, engagemang, motståndskraft och hög energinivå. Men ingenting utarbetades i Australien år 2004. Eftersom de hade verkställande makt som de utövade det mot mig. Jag ville inte komma i konflikt med dem. Så jag lämnade landet tyst och fridfullt. Målet var att slutföra den oavslutade doktorsexamen någon annanstans. Men den australiska säkerhetspolisen fortsatte att skapa problem för mig genom att blanda sig i det internationella integrerade säkerhetssystemet.

När jag återvände till Bangladesh, hindrade den bangladeshiska säkerhetspolisen mig ifrån att få ett passande jobb i mitt yrke. Det är ett resultat av det internationella integrerade säkerhetssystemet. De skapade också desperat en störning på min mentala hälsa. Som ett resultat av detta, var jag mentalt sjuk under några månader och det tog över ett år för mig att återhämta mig helt. Det var bara en fortsättning på vad den australiska polisen gjorde mot mig genom deras integrerade säkerhetssystem.

När jag åkte till Hong Kong för att slutföra min doktorandstudie för andra gången, fick jag samma problem med polisens säkerhetssystem som tidigare. Det som människorna i Australien gjorde, upprepade människorna i Hong Kong. I början accepterade de mig. Sedan försökte de motivera mig att vara som dem. När detta inte fungerade, började de ogilla mig. När de fick lite motstånd från mig försökte de förstöra mig. På samma sätt som australierna, försökte de störa mig även när jag lämnade deras land.

I Sverige står jag inför samma problem med det integrerade systemet av svensk säkerhetspolis. På samma sätt som den australiensiska, bangladeshiska, kantonesiska, franska gör den svenska säkerhetspolisen. De försöker kontinuerligt att de-stabilisera mig i allt hänseende. De försöker förstöra mitt akademiska, karriär-, ekonomiska, sociala, familjeliv och personliga liv. De gör detta mot mig utan något skäl eller förklaring. Bara för att försöka tortera någon på grund av kön, ras, etnicitet och religiös differentiering på icke-humanitär nivå. Som jag tidigare nämnt torterar denna säkerhetsbyrå människor men samtidigt åtnjuter de skadestånd. Detta är allvarligt intrång och fullständig kränkning av personlig integritet och den individuella rätten till dataskydd. Huvudsyftet med att göra sådan typ av brott som säkerhetspolisen är att dra tillbaka offret från sina vanliga aktiviteter.

Konsekvensen av sådana aktiviteter som säkerhetspolisen gör är fullständigt våld. Jag kunde förstå orsaken bakom händelser som inträffade med mig. Så jag visar mitt högsta tålamod och förblir tyst trots frestelsen. Om någon annan skulle gått igenom det här, skulle det vara allvarligt våld mot många av deras frestade aktiviteter. Jag tror att de är mycket medvetna om detta.

I hela mitt liv utövade jag rättvisa och visade neutralitet i kön, ras, etnicitet och religiösa frågor. Jag har aldrig differentierat människor utifrån kön, ras, etnicitet och religiös identitet. Jag tycker att det här är rättvist och förnuftigt. Men tyvärr fungerade det inte under hela mitt engagemang i Australien, Bangladesh, Hong Kong,

Frankrike och Sverige. Men jag ger aldrig upp hoppet. Jag ger inte upp hoppet om framtida generationer.

Uppenbart resultat från käll- och sjunkerperspektiv

Källa är personen eller platsen där något härstammar eller genereras. I andra ordkällor är platsen eller saken som något kommer från eller börjar på, eller orsaken till något. I mitt specifika fall är källan till problem som genereras Australien och att den överförs till Bangladesh, Hong Kong, Sverige och Frankrike. Byrån som ansvarar för att generera problemet är University of Sydney. Ansvarig person för att generera problemet är Brian Haynes. Brian Haynes rapporterade mig till det integrerade systemet av den australiska säkerhetspolisen. Den australiska säkerhetspolisen överförde fel information om mig i det integrerade systemet som administreras av världens starkaste säkerhetssystemleverantör. Anledningen till denna typ av rapportering är att äventyra offrets karriär och liv i allt hänseende oavsett plats i världen. I Bangladesh var källan Bangladeshisk säkerhetspolis. De följde instruktionerna från det integrerade säkerhetssystemet på uppdrag av den australiska säkerhetspolisen. I Hong Kong var källan säkerhetspolisen i Hong Kong. Återigen följde säkerhetspolisen i Hong Kong instruktionerna från det integrerade säkerhetssystemet på uppdrag av den australiska säkerhetspolisen. I Sverige var källan svensk säkerhetspolis. Och den svenska säkerhetspolisen följde instruktionerna från det integrerade säkerhetssystemet på uppdrag av den australiska säkerhetspolisen. Samma sak hände i Frankrike. Mitt engagemang i Sverige varade över en lång tid. Så jag upplevde massa olika källor som ledde till problemets uppkomst under tiden i Sverige. Den svenska säkerhetspolisen instruerade Migrationsverket att skapa irrationella problem mot mig. Migrationsverket utsåg en handläggare till ansvarsfrihet av instruktionerna. Namnet på handläggaren var Susana Almine på migrationsverket. Susana Almine utsåg en lokal kyrka i Farsta för att genomföra uppdraget. Slutligen utsåg den lokala kyrkan i Farsta sin anställd, Jänni, för att genomföra uppdraget på fältnivå. Alla dessa säkerhetsorgan hade implementerat de instruktioner och uppdrag de fick ifrån det integrerade systemet som administrerades av världens starkaste leverantör av säkerhetssystem.

Sink betyder mottagare. Det kan vara person eller sak. I mitt specifika fall var jag den främsta sjunken för alla irrationella aktiviteter som utförts av de ovannämnda källorna. Min familj var den sekundära sjunken. De påverkades indirekt. Eftersom jag kunde ha stöttat dem mer än vad jag faktiskt gjorde, om jag inte påverkades av källornas negativa aktiviteter. Källorna gjorde följande negativa aktiviteter till sinken/mottagaren:

(1) irrationellt beteende från början, (2) sträng kontroll, (3) överbelastad stress, (4) differentiering på grund av kön, ras, etnicitet och religiös identitet, (5) vilseledande från det avsedda syftet, (6) avvikelse från mål och syfte så att målet och syftet blir ouppnåeligt, (7) könsterapi på grund av religiös identitet, (8) mental tortyr för att bli sjuk mentalt, (9) fysisk och mental hindring för att förlora akademiskt och arbetsintresse, (10) äventyra akademisk karriär, (11) äventyra arbetskarriär, (12) äventyrar duellering, (13) äventyrar lagligheten att bo i landet, (14) äventyrar karriärutveckling, (15) äventyrar hopp för att vara vid liv och (16) distinktion för mig själv såväl som hela familjen. Dessa var faktiska effekter/resultat till sjunken från ogynnsamma aktiviteter av källorna.

På grund av mitt tillräckliga tålamod och min noggranna uppmärksamhet har många av dessa biverkningar undvikts. Men källorna gjort dessa till sjunken för att engagera allvarliga konflikter med olika aktörer. Så ett faktiskt resultat från käll- och sjunkerperspektivet skulle vara mycket allvarligt men dessa har undvikits på grund av min

personliga motståndskraft. Förhopningsvis skulle källorna
lita på mig i slutet av deras behandlingshjul.

Slutsats

Mina erfarenheter i utlandet var inte så trevliga. Tyvärr har jag haft enorma svårigheter under min resa. Mitt syfte var att skaffa en utbildning och sedan använda utbildningen för att bidra till mig som individ, familj, samhället, land, region, kontinent och hela världen.

Den uppenbara verkligheten var oacceptabla attityder hos olika aktörer som jag stött på under min resa. Oacceptabla attityder berodde på skådespelarnas otåliga, oacceptabla och inkonsekventa mentalitet som nämnts tidigare.

Under mitt engagemang i hemlandet (Bangladesh) och i utlandet (Australien, Hong Kong, Sverige och Frankrike), förstod jag människor på grundval av köns, ras, etnicitet och religiös identitet. I princip försökte alla upprätthålla sin status och dominera över andra på grund av deras ras, etnicitet och religiösa identitet. Jag hade inte kunskap om denna fråga förrän jag åkte till Australien. På grund av mitt spontana beteende upplevde det australiska folket sitt egoproblem och blev stötande mot mig. Kantoneserna och franska gjorde också samma sak som australiska folket. Även om jag var har stött på många problem, har jag fått en livslång erfarenhet av dessa frågor. De här erfarenheterna använde jag i Sverige under år 2010 - 2019 för att få saker och ting gjort för mig.

Genom att analysera incidenterna i Australien, Bangladesh, Hong Kong, Sverige och Frankrike, avslöjades vad orättvisa gjorde mot mig. Den äventyrarade mina doktorander vid flera tillfällen. Efter att ha fatt min doktorsexamen i kemiteknik från Atlantic International University (AIU), Hawaii, USA i år 2013 insåg jag att hur enkelt det var. Trots detta mobiliserade de sina resurser och gjorde så många negativa aktiviteter bara för att hindra mig från framgång.

Skådespelarnas beteendemässiga skillnader och mina reflektioner skildrade avvikelser på etnisk nivå. Jag hade min egen etniska och religiösa identitet, men jag praktiserade inte detta i min arbetsmiljö. Jag behöll min tro på hemmet och kulturerade sekulär praxis i mitt arbete. Jag försökte öva på detta i min karriär.

Jag har aldrig differentierat människor utifrån kön, ras, etnicitet och religiös identitet. För detta, trots att de skadade mitt liv, skulle folket i Australien, Bangladesh, Hong Kong, Sverige och Frankrike komma ihåg mig med tacksamhet.

Denna bok är bara en tyst protest mot det integrerade säkerhetssystemet som sprungit bakom mig sedan år 2002. Mannen utvecklade säkerhetssystemet för att säkra människors liv och egendom. Det ska inte användas för att förtrycka människor. Annars förlorar det arvet.

Slutligen skulle jag vilja förmedla budskapet om att människor inte bör differentieras utifrån kön, ras, etnicitet och religiös identitet. Det kommer att ge upphov till oro på individ, familj, samhälle, land, region, kontinent och global nivå. Detta kommer att destabilisera allt och den globala hållbarhetsbalansen kommer att förstöras permanent. Vi vill uppenbarligen inte göra det. Vi vill behålla den globala hållbarheten i alla avseenden.

Den här boken är en skildring av olika omständigheter författaren möter vid olika tillfällen i Australien, Bangladesh, Hong Kong och Frankrike under år 2001-2019. Den författaren mötte svårigheter i sin doktorsexamen studier i dessa länderna. Därför att han var differentierad på grund av kön, ras, etnicitet och religiös identitet.

Trots svårigheter visade författaren sin högsta nivå av tålamod och motståndskraft för att övervinna de svårigheter han mötte.

Den här boken är en snygg demonstration av verkliga incidenter som inträffade i författarens liv främst i hans doktorander. Författarens svårigheter fördes också i hans personliga och arbetsliv efteråt. Varje förekomst som beskrivs i denna bok var spontan och i varje ögonblick fanns det en chans att vända den. Detta hjälper läsarna att hålla sin koncentration genom hela boken.

9 798636 585237